かぐや姫幻想史

竹取物語の真実

秋生騒

So Akiu

文芸社

目次

第三章　物語に秘められた真実

第四章　壬申《じんしん》の乱との関わり

第五章　謎解きの始まり

かぐや姫幻想史

竹取物語の真実

序　章　謎に包まれた日本最古の物語

作者も題名さえも不明の物語

紫式部の『源氏物語』巻十七「絵合《えあわせ》」のなかに、「物語の出《い》で来《き》はじめの祖《おや》なる竹取の翁」という記述がある。このことより、『竹取物語』が日本最古の物語として、その地位を確立させた。

読者のなかには『竹取物語』と聞いて、首を傾《かし》げる人がいるかも知れない。言葉を換えて、「かぐや姫の物語」といえば、誰もが一度は見聞きしたことがあるだろう。また、童話としても多くの人々に親しまれている。ところが、この『竹取物語』は単なるお伽噺《とぎばなし》ではなく、極めて謎に満ちた大人の物語なのである。

たとえば、いつ創《つく》られたのか。誰が書いたのか。さらには、この物語の意図する真意とは何なのか。それらがすべて、今日でも謎となっている。そのため、その作者や物語の意図などに関して、古代から今に至るまで様々な説が主張され続けてきた。しかし、現在になっても、その謎は完全に解明されていない。それどころか、謎は深まる一方である。その間、物語の作者としては、空海《くうかい》、紀貫之《きのつらゆき》、源順《みなもとのしたごう》、源融《みなもとのとおる》、遍昭《へんじょう》、菅原道真《すがわらのみちざね》、玄昉《げんぼう》、紀長谷雄《きのはせお》などの名前が取りざたされてきた。

それだけではない。物語の創作意図に関しても、致富《ちふ》長者説、求婚難題説、羽衣《はごろも》神話説、仏生・昇天説、地名起源説など、数多くの説が挙げられてきている。ただ、そのどれもが『竹取物語』の世界をすべて解明することができていない。物語を部分的に解説したものに留まっている。しかも、その説明には不備が極めて多いといえる。

問題はほかにもある。実は『竹取物語』という題名さえも、ほんとうは通称であり、物語の正式な題名ではないのだ。その題名に関して、紫式部の『源氏物語』では「竹取の翁」、あるいは「かぐや姫の物語」と記されている。おそらく、平安時代にはそう呼ばれていたと考えられる。それが鎌倉時代に入ると、単に「竹取」とか「たけとり」と呼ばれるようになり、さらに室町時代になると「竹取翁」へと変わってしまった。いったい、どれがほんとうの題名なのだろうか。ひょっとしたら、初めから確たる題名がつけられていなかったのかも知れない。それを紫式部が便宜的に「竹取の翁」とか「かぐや姫の物語」と呼び、そこから「竹取」という名称が浸透していった可能性もあり得る。詳しく知れば知るほど、『竹取物語』は題名から始まって物語の内容まで、そのすべてが謎の物語となっている。

私に限らず、この『竹取物語』の謎に挑戦した人は多い。そのなかで、物語には基となる作品があったという有力な説が存在している。しかし、その基として挙げられた作品が、どう考えても納得できないことが多い。あるいは、明らかな間違いが定説化している場合もある。私はこうした誤りを是正し、今まで定説として流布《るふ》されてきた間違いをすべて更新したいと思っている。

私のこの本はそのための幻想史なのである。

第一章　物語の成立時期を探る

物語はいつ創《つく》られたのか

数多くの謎に包まれた『竹取物語』を解明するためには、まず、その成立の年代から探る必要があるだろう。（これ以降、私がこの物語を総称する場合、便宜上『竹取物語』、あるいは単に「物語」という名称を使用したいと思う）

物語がいつ創られたのかが明らかになれば、誰が創ったのかが推定しやすくなる。誰が創ったのかが分かれば、どのような意図で創ったのかが推察できる。そうすることにより、『竹取物語』の謎が少しずつ解明されていくだろう。私はそう考えている。そこで、解明作業の初めとして、物語がいつ創られたかを探っていこうと思う。

現在、物語の成立時期に関して、「紀元九世紀から十世紀にかけて創られた」という説が定説となっている。時代的に見れば、第五十二代・嵯峨《さが》天皇の時代（西暦八〇九年〜八二三年）から『古今和歌集《こきんわかしゅう》』撰進《せんしん》の前後（西暦九〇五年〜九五七年）までの期間と考えている研究者が多い。しかし、私はその時代設定に関して、極めて大きな疑問を抱いている。果たして、その設定がほんとうに正しいのだろうか。定説に惑わされず、もう一度『竹取物語』の成立時期を探ってみたい。

私はいつの時代に物語が創られたのかを知るため、古代のどの書物に『竹取物語』が登場するのかを調べてみようと思い立った。それにより、物語の成立時期が浮き彫りになるのではないだろうか。最初に検討したのが『源氏物語』である。『源氏物語』の文献としての初出が西暦一〇〇一年（紀元十一世紀初頭）といわれている。ということは、紀元十一世紀には確実に『竹取物語』が存在していたことになる。さらに、『源氏物語』・「絵合」のなかで、「挿絵は巨勢相覧《こせのおうみ》、文章は紀貫之」による『竹取物語絵巻』が登場する。

紀貫之は西暦八六六年に生まれ（八七二年という説もある）、西暦九四五年に没したといわれている。また、巨勢相覧は西暦九〇一年に絵所《えどころ》絵師として、讃岐少目《さぬきのすないさかん》に任じられている。従って、この両者が共に活躍した年代から判断して、『竹取物語』は西暦九三〇年から九四〇年頃には存在していたといえるだろう。ということは、『竹取物語』は紀元十世紀中頃までには読まれていたということになる。
では、西暦九五〇年以前に創られた書物のなかに、『竹取物語』は登場しないのだろうか。それを調べなくてはならない。その結果、『竹取物語』に類似した物語は古代の書物のなかに存在していなかった。ただ、ある書物のなかに別の形をした「竹取」が存在していた。そのある書物とは『万葉集』である。

知っての通り、『万葉集』は現存する日本最古の和歌集である。西暦七八三年（紀元八世紀末）、大伴家持《おおとものやかもち》の編纂《へんさん》によって完成したといわれている。ところが、それ以降に完成したという説もあり、正直なところ、『万葉集』の成立年もはっきりとはしていない。

その編纂者に関しても、勅撰《ちょくせん》説、橘諸兄《たちばなのもろえ》説などがあり、大伴家持と断定できない部分もある。ただ、収められた和歌の内容や周辺の様々な資料から、紀元八世紀末には『万葉集』が成立していたと考えられる。この『万葉集』のなかに、「竹取の翁」といわれている「長歌《ちょうか》一首」と「返歌《へんか》二首」、合計三首の和歌が存在していた。

長歌とは和歌の表現方法の一つで、基本的には「五音と七音」の二句を三回以上続け、最後を「七音」で止めたものである。ただし、この基本形とは異なる長歌も数多く存在している。一般的な認識としては、長い形式の和歌と考えればよいのではないだろうか。

返歌は贈られた和歌に対する返答の歌のことである。「五・七・五・七・七」の五句体からなる、三十一音の和歌となっていることが多い。

その長歌と返歌から構成された歌群のなかに「竹取の翁」が登場してくる。この翁が『竹取物語』の翁と同一人物であれば、物語の成立年代は紀元八世紀にまで遡《さかのぼ》ることができる。果たして、『万葉集』と『竹取物語』とに登場する「翁」は同じ人物なのだろうか。それを探らなければならない。そのためには、『万葉集』のなかで「竹取の翁」がどのような形で登場するのか。『竹取物語』の翁とどのように重なるのか、あるいは異なるのか。それらを調べる必要があるだろう。

この翁が登場する長歌は『万葉集』の巻第十六の「三七九一番」に、返歌は「三七九二番」と「三七九三番」に収められている。また、それぞれの和歌の前には由縁《ゆえん》を書いた「題詞」が付記されている。この「題詞」は検討する価値が極めて高いと思われる。なぜなら、そこに書かれている内容が、『竹取物語』の解明に大きな手掛かりを与えてくれるからである。その手掛かりを「題詞」から探ってみよう。

［題詞］　昔有老翁　号曰竹取翁也　此翁季春之月登丘遠望　忽値煮羹之九箇女子也　百

嬌無儔花容無止　于時娘子等呼老翁嗤曰　叔父来乎　吹此燭火也　於是翁曰唯〈々〉漸趍徐行着接座上　良久娘子等皆共含咲相推譲之曰　阿誰呼此翁哉　尓乃竹取翁謝之曰　非慮之外偶逢神仙　迷惑之心無敢所禁　近狎之罪希贖以歌　即作歌一首［并短歌］

この「題詞」を簡単に訳すと、次のようになる。

昔、年老いた翁がいて、竹取の翁といわれていた。

春の三月頃、この翁が丘に登って遠くを眺めていると、羹《あつもの》を煮る九人の娘たちが見えた。娘たちは愛嬌《あいきょう》に満ちていて、花のように美しく、ほかに比べようがないほどの美人であった。

娘たちは翁をからかうように「おじいさんここへ来て、焚火《たきび》の火を吹いてくれない」といった。翁は「はい、はい」と返事をしながら、ゆっくりと近づき、娘たちの間に座った。しばらくすると娘たちは笑いながら、互いをつつき合い「誰がこの翁を呼んだのかしら」といった。

竹取の翁は謝りながら、「思いがけず仙女様に出逢い、惑う心を禁じ得ませんでした。馴れ馴れしく近づいた罪は償いの歌で許してください」といい、長歌を一首と併せて短歌を詠《うた》った。

いったい、この「題詞」は何を意味しているのだろうか。様々な解釈が考えられるが、幾つかの奇妙な点もある。たとえば、翁を呼んだのは娘たちの方である。それなのに、「誰が呼んだのか」と翁の行動を非難している。それに対して、翁は娘たちに謝り、贖罪《しょくざい》のために歌を詠んでいる。このことは、翁と娘たちとの間に身分差があることを感じさせる。九人の娘たちの身分の方が翁より遙かに上位なのである。どうして身分差があったのだろうか。

さらに、私はこの娘たちの人数にも疑問を感じている。なぜ、九人なのだろうか。三人でも、五人でもよかったはずである。それなのになぜ、九人という大人数にしたのだろうか。偶然なのか、あるいはそこに何らかの意図が隠されているのか。それが気になる点である。

とりあえず、これらの気がかりな点は後で解明するとして、先に進んでいきたい。この「題詞」のあとに続くのが長歌である。これは非常に長文の和歌となっているが、同時に謎を解明するための重要な部分でもある。そこで、その全文を掲載し、検討してみようと思う。

緑子之　若子蚊見庭　垂乳為　母所懐　褨襁　平生蚊見庭　結經方衣　氷津裏丹縫服
頚着之　童子蚊見庭　結幡　袂著衣　服我矣　丹因　子等何四千庭　三名之綿　蚊黒為髪
尾　信櫛持　於是蚊寸垂　取束　擧而裳纒見　解乱　童兒丹成見　羅丹津蚊經　色丹名着
来　紫之　大綾之衣　墨江之　遠里小野之　真榛持　丹穂之為衣丹　狛錦　紐丹縫着　刺
部重部　波累服　打十八為　麻續兒等　蟻衣之　寶之子等蚊　打栲者　經而織布　日曝之
朝手作尾　信巾裳成　者之寸丹取為支　屋所經　稲寸丁女蚊　妻問迹　我丹所来為　彼方
之　二綾裏沓　飛鳥　飛鳥壮蚊　霖禁　縫為黒沓　刺佩而　庭立住　退莫立　禁尾迹女蚊
髣髴聞而　我丹所来為　水縹　絹帶尾　引帶成　韓帶丹取為　海神之　殿盖丹　飛翔　為
軽如来　腰細丹　取餝氷　真十鏡　取雙懸而　己蚊果　還氷見乍　春避而　野邊尾廻者
面白見　我矣思經蚊　狭野津鳥　来鳴翔經　秋僻而　山邊尾徃者　名津蚊為迹　我矣思經
蚊　天雲裳　行田菜引　還立　路尾所来者　打氷刺　宮尾見名　刺竹之　舎人壮裳　忍經
等氷　還等氷見乍　誰子其迹哉　所思而在　如是　所為故為　古部　狭々寸為我哉　端寸
八為　今日八方子等丹　五十狭邇迹哉　所思而在　如是　所為故為　古部之　賢人藻　後
之世之　堅監将為迹　老人矣　送為車　持還来　持還来

この長歌は古代の歌のため、直訳しても意味のわかりにくい部分が非常に多い。そこで、文意を探るために私なりに改行し、それに基づき意訳してみた。（おそらく、訳し方としては、ほかにもあると思われる）

私は生まれたばかりの若様の頃、満ち足りた暮らしのなかで母に抱かれていた。

むつきに包まれた乳幼児の頃になると、木綿の肩衣に総裏を縫いつけた、裕福な服を着て育った。

後ろ髪の先が襟首《えりくび》につく幼児の頃には、絞《しぼ》り染《ぞ》めの袖つき衣を着ていた。

頬《ほお》が赤い、あなたたちと同じような年頃には、黒髪を櫛《くし》で梳《す》いて前に垂らし、束《たば》ねて巻き上げたり、あるいは解き乱したりして、子供らしい髪型にしていた。

ほのかに赤い色をした紫染めの綾織りの着物や、住吉《すみのえ》の遠里小野《とおさとおの》の榛《はん》の木で染めた高級な着物を着て、高麗錦を紐《ひも》状に縫いつけ、さらにその上からも高麗錦の紐を合わせたりして、重ね着をしていた。

また、麻職人の娘や織子の娘たちが絹で織りあげた生地に、日に晒《さら》した手織りの真っ白な麻布を前垂れ風に重ねた短い袴《はかま》を着て過ごした。

私に求婚するため、家に籠もって悩んでいた稲置《いなき》の娘が贈ってくれた二色交ぜ織りの足袋を履いて、その上に縫いあげた黒い沓《くつ》を履き、権勢が盛んな明日香の男である私が、長雨のなか稲置の娘の庭にたたずんでいると、娘の両親に追い払われてしまった。

それを漏れ聞いた稲置の娘が、こっそりと私に会いに来た。

娘は宮殿の瓦《かわら》を飛《と》び翔《か》ける蜂のような細い腰に、水色の絹帯を韓帯《からおび》の付け紐風に巻いている。真十鏡《まそかがみ》を二つ並べて、自分の顔を何度も見ていた。

春が来て野辺を巡れば、私に趣《おもむき》を感じた鳥たちが飛んできて鳴いた。秋になり山辺を歩けば、私に心を惹《ひ》かれた天雲までがなびいた。

帰途に着くため都大路《みやこおおじ》にさしかかると、宮殿に仕える女官《にょかん》や高位の舎人《とねり》たちが私を密かに振り返り、「どこの若君か」と噂していた。

こうして、昔はもてはやされていた私だが、今ではあなたたちのような若い娘たちに嫌な年寄りと思われている。

このように、人は年をとると大事にされなくなる。昔の賢人たちは後世の鑑《かがみ》になればと、老人を送った車を持ち帰った。持ち帰った。

この長歌では、翁は自分がかつては上流階級の子供であったことを長々と語っている。たとえば、乳飲み子の時は上等の布に包まれ母に抱かれていたとか、成長するにつれて上質な織物を纏《まと》っていたなどと、得意げに記している。また、成人してからは天雲までも翁にたなびき、都大路を歩けば女官や舎人たちも振り返り、「どこの若君か」と噂された。それなのに、今ではあなたたちのような若い娘に馬鹿にされる始末だ、と嘆いている。

この翁の嘆きは、ただ年老いたということだけではないと思われる。昔の権勢から今は滑り落ちている、という敗者の雰囲気がそこはかとなく漂ってくる。諸行無常《しょぎょうむじょう》の思いが強い長歌になっているといえるだろう。

そして、解釈が難しいのが最後の一行である。原文では「老人矣　送為車　持還来　持還来」とある。老人を送った車を持ち帰った、という意味である。最後に「持ち帰った」を二度繰り返していることから、ここを強調していることが窺《うかが》われる。ではなぜ、強調したのだろうか。また、老人を送った車とはどんな車で、何を意味しているのだろうか。さらに、老人をどこへ送ったのだろうか。それらがすべてよくわからない。

通説の一つでは、老人を送った車とは「姥捨《うばす》て山」へ老人を捨てに行くための車である、とされている。昔の賢人たちが後世の鑑にするため、老人を山に捨てに行った車を持ち帰った、という意味になる。解釈としては納得できるが、ある疑問も感じられる。この時代に「姥捨て山」へ老人を捨てる、という風習が存在していたのだろうか。もしそれが一般的に存在していたならば、なぜ「老人を捨てるための車を持ち帰った」と詠わなかったのだろうか。あるいは逆に、「老人を送る車」という言葉の意味が、すでに「姥捨て山へ老人を捨てる車」ということだと世間に浸透していた。そのため、単に「老人を送る車」と詠ったのだろうか。

これらの疑問を晴らすため、「姥捨て」に関して調べて見ると、古代において行われていたという事実が確認できなかった。文献的に見ても、平安時代中期の作者未詳の和歌説話集である『大和物語《やまとものがたり》』に掲載された「姥捨て」の話が最初と思われる。

この『大和物語』の成立が西暦九四七年から九五七年頃といわれており、『万葉集』成立からおよそ百五十年後である。しかも『大和物語』では、一度山に捨てた伯母のことを悲しく思い、連れ戻している。こうしたことから、『万葉集』の「竹取の翁」に出てきた「老人を送る車」とは、姥捨てに使った車ではないと考えられる。となると、疑問はまた振り出しに戻ってしまう。これはいったい、何の車なのだろうか。なぜ、その車を残したのだろうか。

私は、この車が権勢から滑り落ちた人を送る車、もしくは罪を得た貴人を送るための車ではないかと考えている。それを残したのは、後世の鑑にするためではなく、後世への見せしめのため、あるいは戒めのために持ち帰ったのではないだろうか。これらの疑念に関する解明はまた後で行うことにして、今はこの長歌に続く返歌二首を見てみよう。

長歌への最初の返歌が次の歌となっている。

死者木苑　相不見在目　生而在者　白髪子等丹　不生在目八方

死なばこそ　相見ずあらめ　生きてあらば　白髪子らに　生ひずあらめやも

この返歌の意味は、「死んでしまえば、お目にかかることもないが、生きていれば、白髪はあなたたちにも生えるのですよ」ということである。次いで、もう一首の返歌では次のように詠っている。

白髪為　子等母生名者　如是　将若異子等丹　所詈金目八

白髪し　子らに生ひなば　かくのごと　若けむ子らに　罵《のの》らえかねめや

ここでは、「やがて、あなたたちにも白髪が生えてきて、私のように若い人から罵られるようになりますよ」と詠っている。私は、これら一連の歌群の根底に根強い恨みが潜んでいる気がしてならない。九人の娘たちに馬鹿にされた翁が、「今でこそ私は落ちぶれているが、昔は権勢の中枢にいた。今、私を罵っているあなたたちだって、いずれは落ちぶれるかも知れませんよ」と忠告しているように思える。

ただ、この歌群の内容から見て、『竹取物語』の翁と『万葉集』の「竹取の翁」とは別人であり、『万葉集』の翁を『竹取物語』の方が模倣《もほう》したのではないか、という説が一般化している。だが、ほんとうにそうだろうか。私はそうは考えていない。これは同じ話だと思っている。なぜなら、『竹取物語』では「いまはむかし、竹取の翁といふものありけり」と始まるが、その翁の過去に関しては何も語っていない。『竹取物語』では翁の生涯が秘密に包まれている。この翁の過去を明らかにしているのが、『万葉集』に登場した翁ではないのだろうか。

私は作者が、ある明確な意図に基づき、翁の生涯を過去と現在の二つに分けたと考えている。その意図とは「危険性の分散」である。翁の生涯を二つの話に分けることで、『竹取物語』が焚書《ふんしょ》されることを防ぎ、その存続を図ったのである。このことに関しては、これから少しずつ明らかにしていきたいと思う。

こうした私の考え方が正しければ、『万葉集』が成立した西暦七〇〇年代末（紀元八世紀末）には、すでに『竹取物語』が存在していたことになる。ほんとうのことをいえば、私は『竹取物語』の「原典」の成立が、西暦七〇〇年代末よりもさらに以前の「西暦六〇〇年代末（紀元七世紀末）」頃ではないかと考えている。

ここで私は「原典」という言葉を用いているが、それは『竹取物語』には「原典」があり、それを基に物語が創作されたと考えているからである。私にそう思わせる要因の一つとなっているものが、西暦七一二年に完成した『古事記』である。この『古事記』のなかに「かぐや姫」を連想させる女性が登場している。その女性とは「迦具夜比売命《かぐやひめのみこと》」である。『古事記』によれば、「迦具夜比売命」は第十一代・垂仁《すいにん》天皇の妃で、袁邪弁《おざべの》王を生んでいる。

通説では、その名前の同一姓から、「迦具夜比売命」が「かぐや姫」のモデルになったといわれている。その結果、『古事記』の成立以降に『竹取物語』が創られたという説の根拠になってしまった。だが、私はそのことを疑っている。なぜなら、改竄《かいざん》と作為に満ちた『古事記』のことである。「かぐや姫」のほんとうの正体を隠すために、後から「迦具夜比売命」を創りだした可能性が充分に考えられる。

もし、真実が私の考えるものに近ければ、『竹取物語』は『古事記』の成立以前、即ち、西暦七一二年以前に成立していたことになる。古代に創られた「原典」を基に、西暦七〇〇年（紀元八世紀）前後に『竹取物語』が創られ、その真実を隠すために『古事記』が利用されたと私は考えている。私は『竹取物語』の解明を進めるなかで、そのことを証明していこうと思っている。

避けては通れない「斑竹姑娘《はんちくこしょう》」問題

本格的な謎解きを始める前に、一つだけ悩ましい問題に触れる必要がある。それが「斑竹姑娘」である。この「斑竹姑娘」は中国四川省のアバ・チベット族に伝わる民間伝承で、中国語読みで「パヌチウクーニャン」という。この伝承の粗筋《あらすじ》は「竹から生まれた美少女が五人の富裕な男性に求婚される。しかし、少女は五人に難題をつきつけて、その求婚を断る。そして、貧しいながらも働き者である少年と結婚する」という話である。

この美少女が五人に求めた難題の内容が、『竹取物語』と極めて類似している。そのことから、「斑竹姑娘」が『竹取物語』の原型ではないかと騒がれ、大きな注目を集めた。

確かに、竹から生まれた美少女が五人に突きつけた難題を挙げてみると、『竹取物語』との類似性が際立《きわだ》っていることに驚く。その概略を、「斑竹姑娘」の訳本（後述）を基に比較してみると次のようになる。


一．領主の怠け者の息子に対しては、打っても割れぬ「金の鐘《しょう》」を持ってくるように要求する。――『竹取物語』では「仏の御石《みいし》の鉢」を求める。

二．金持ち商人の息子に対しては、打っても砕けない「玉樹《ぎょくじゅ》」を要求する。――『竹取物語』では「蓬萊《ほうらい》の玉の枝」を求める。

三．手下を大勢持っている役人の息子に対しては、焼いても崩れない「火鼠《ひねずみ》の皮衣《かわごろも》」を要求する。――『竹取物語』では「火鼠の皮衣」を求める。

四．自惚れの強い傲慢な少年に対しては、燕《つばめ》の巣にある「金の卵」を要求する。――『竹取物語』では「燕の子安貝《こやすがい》」を求める。

五．臆病でほら吹きの少年に対しては、海竜《かいりゅう》の首の「分水珠《ぶんすいしゅ》」を要求する。──『竹取物語』では「竜の首の珠」を求める。

これらを見ると、求婚難題という面では、「斑竹姑娘」と『竹取物語』とがほとんど同じ話であることがわかる。

この「斑竹姑娘」を初めて紹介したのが、中国の作家の「田海燕《でんかいえん》」氏（西暦一九一三年～一九八九年）である。田氏が、西暦一九五四年にアバ・チベット族から取材し、それを自作の民話集『金玉鳳凰《きんぎょくほうおう》』（西暦一九六一年に出版）で発表した。

その内容を日本で最初に紹介したのが、中国文化研究者の「百田弥栄子《ももたやえこ》」氏である。しかも、百田氏はなんと大学生の時に、それを卒業論文として発表し（西暦一九六五年頃）、大きな反響を呼んだ。また、日本の「君島久子《きみしまひさこ》」氏が田氏の『金玉鳳凰』を『チベットのものいう鳥』（岩波書店、西暦一九七七年）という題名で翻訳し、そのなかで「斑竹姑娘」が「竹娘《たけむすめ》」と改題されて掲載されている。

こうしたことから、「斑竹姑娘」が『竹取物語』の原型であるという説が広く流布されることになった。もし、「斑竹姑娘」が『竹取物語』より古い時代の作品であれば、間違いなく『竹取物語』が「斑竹姑娘」を模倣したことになる。しかし、私はその可能性が極めて低いと考えている。なぜなら、「斑竹姑娘」の古代における姿が不明瞭なのである。

紀元六、七世紀頃に日本へ伝わったのであれば、その原型となる書物が存在するはずである。ただ、口伝《くでん》で伝播《でんぱ》したと主張する人がいるかも知れない。しかし、元々は古代チベット語の民話である。それが中国語に訳されて、口伝として日本へ伝わったとしても、ほとんどの人はその意味を理解できず、復唱や暗記もできなかったに違いない。仏典と同じように文字に記された書物でなければ、日本で伝播することは難しい。

さらに、「斑竹姑娘」が古代から伝わっている民話ならば、物語の根幹は同じであっても異なる民話や逸話が、その地域周辺に複数存在するのが一般的である。それなのに、それらに該当する民話や神話は存在していない。なかでも特に気になるのが、田海燕氏が取材した年代である。彼が取材したのは西暦一九五四年と比較的近年であった。もし、ほんとうに「斑竹姑娘」が古代の民話ならば、もっと以前に中国へ伝わり、すでに文章化されていてもおかしくない。いや、その方が普通である。それなのにどうして二十世紀末になるまで伝わらなかったのだろうか。しかもそれが突然、何の予備的な情報もなく、完成した物語として登場したのは、どう考えても納得ができない。

私は、田海燕氏が日本の『竹取物語』そのものを、あるいは『竹取物語』の中国語訳本を参考にして創作した作品が、「斑竹姑娘」ではないかと疑っている。また、私だけでなく、多くの研究者が「斑竹姑娘」は『竹取物語』を参考にして創ったと分析しており、その主張が近年では主流となっている。

今ここでは結論をいわないが、私は田海燕氏が『竹取物語』の真実に気づかず、誤って模倣したのが「斑竹姑娘」であると思っている。

この問題に関しては、私が『竹取物語』の謎をきちんと解明できれば、「斑竹姑娘」の方が『竹取物語』の亜流であること、しかも、間違った解釈の亜流であることを完全に証明できると思っている。

第二章　物語の解明を阻む写本の存在

多すぎる写本の謎

謎解きに際して、取り上げておかなければならない重要なことがある。それは『竹取物語』の解明を妨げる一因となっている、「あるもの」の存在である。その「あるもの」とは「写本」のことである。

写本とは、手書きによって筆写された本である。古代においては印刷が存在していなかったため、すべての書物が写本または口伝によって受け継がれてきた。そして、極めて悩ましいことに、その写本によって物語の内容が微妙に異なっている。これは『竹取物語』に限らず、『源氏物語』なども写本によって、その内容に多少の違いが見られる。特に、『竹取物語』には室町時代以降に写された数多くの写本が存在し、内容が微妙に違う。ところが、なぜか平安時代に筆写された写本が残っていない。これは不可解といわざるを得ないだろう。

たとえば、「物語の出で来はじめの祖なる竹取の翁」と記した、紫式部の読んでいた時代の写本が現存していない。極端ないい方をすれば、今、私たちが読んでいる『竹取物語』と紫式部が読んでいた『竹取物語』とは、内容が異なっている可能性が充分あり得る。

完全な写本としては、西暦一五九二年の奥書《おくがき》がなされた「天理図書館蔵本（武藤元信旧蔵本）」が、現存する最古の写本といわれている（これは流布本系と呼ばれている）。また、これとは別の体系の写本として、「西暦一八一五年の奥書がされた「新井信之蔵」の写本が存在している。この写本は「古本系」といわれている。その他にも、現存する写本には様々な形態のものがあり、完全な写本だけでなく、「部分だけのもの」や「数行だけのもの」なども存在する。それらの数は極めて多く、物語の解釈を混乱させる大きな一因となっている。

こうしたことから昭和に入り、写本の体系に関して、さかんに研究が行われるようになった。西暦一九三九年（昭和一四年）、国文学者の「新井信之《あらいのぶゆき》」氏によって、写本の体系的な研究結果が発表され、「流布本系」と「古本系」の二つに分類された。さらに、西暦一九六五年（昭和四〇年）、元上智大学教授の「中田剛直《なかたたかなお》」氏が、これまでの研究を発展させる形で、「流布本系」を三類七種、「古本系」を二類二種に分類し、それらが今日の体系分類の基礎となった。

研究者によれば、鎌倉時代の中期頃にはすでにこの「流布本系」と「古本系」の二つが、並立して存在していたとされている。しかしなぜ、写本の体系が二つに分かれたのか、その理由は明らかになっていない。ここでいっている「流布本系」とは、「通行本」とも呼ばれ、現在最も広く流布している写本である。それに対して、「古本系」とは「流布本系」に比べて数多くの異文を含み、より古代の形態を残した写本といわれている。どうして「古本系」の方が「流布本系」よりも古いのか、ということに関しては二つの理由が挙げられている。

その一つが、『竹取物語』の最古の「原文断片」（完本ではない部分のもの）である『伝後光厳院筆断簡』（西暦一三五〇年頃に成立）と「古本系」の内容が一致していることである。また、「古本系」に掲載されている和歌が、西暦一二二三年成立の『海道記《かいどうき》』や西暦一二七一年成立の『風葉和歌集《ふうようわかしゅう》』に引用されているものと同じことが指摘されている。しかしだからといって、「古本系」が『竹取物語』の完全な写本かといえば、それも疑問である。

たとえば、紫式部が読んでいた写本から五百年以上も経った完本しか現存していない。『源氏物語』の写本は残っているのに、同時代に写筆された『竹取物語』の写本は残っていない。奇妙といわざるを得ない。そこに作為が働いていないと、完全に否定することが極めて難しい。これら「古本系」にしても、「流布本系」にしても、原文が創られてから数百年後の写本なのである。間違いなく真実を写しているとはいい難い。

では、写本の内容が異なると、何が困るのだろうか。それは、その違いが単なる写し間違いではなく、何らかの意図によって、物語の本質を歪《ゆが》められている可能性が考えられるからである。誰かが、ある恣意的《しいてき》な目的をもって、物語の内容を積極的に変質させたとさえ考えられる。特に、『竹取物語』に関しては、その傾向が強いように思われてならない。また、平安時代の写本が現存していないということは、焚書されたことも疑われる。物語の謎を解明するには、こうした写本に関わる疑念を乗り越えなければならないのである。

私はこの本を書くに際して、「古本系」の「中田剛直氏旧蔵・新井本」を元にした『かぐや姫と絵巻の世界』（武蔵野書院）を用いることにした。また、必要に応じて「流布本系」の「天理大学附属天理図書館蔵本」を元にした『竹取物語　伊勢物語』（岩波書店）

を参考書に使用し、さらに、「流布本系」の一つである「東京大学国文学研究室蔵・竹取物語絵巻」なども参考にした。先入観や偏見を排除し、できる限り広い視野から『竹取物語』を見つめ直してみようと思ったからである。

写本が生み出す問題点

写本による内容の違いは、物語の解釈に多くの混乱を与えることになった。たとえその違いが些細《ささい》な部分であっても、結果的に解釈の大きな違いに変質する。その一例として、物語に登場する人物の名前を見てみたい。

人物名といっても、主人公である「なよ竹のかぐや姫」の名前は変わっていない。ところが、彼女を竹のなかから見つけた「竹取の翁」の名前が、写本によって異なっている。私が確認できるものだけで、三通りもある。まず、そこから見てみよう。

さぬきのみやつこ

さかきのみやつこ
さるきのみやつこ

よく見ると、「ぬ」と「か」と「る」の一文字違いである。ところが、この一文字違いが物語の解釈に極めて大きな影響を及ぼしている。そのことを検討してみたいと思う。

最初に「さぬきのみやつこ」であるが、これは「讃岐造」と漢字で表記されることが多い。このことから、『竹取物語』の舞台が大和国広瀬郡散吉《さぬき》郷（現奈良県北葛城郡広陵町三吉）であるとの主張が浸透している。さらに、「讃岐造」は「讃岐氏」の一族とされ、『古事記』に登場する第九代・開化天皇の孫である「讃岐垂根王《さぬきたりねのきみ》」との関連性が指摘されている。研究者の間では、この「讃岐垂根王」こそが「讃岐氏」の始祖であるとされている。

私はこれを知った時、大きな疑念を覚えた。なぜなら、この「讃岐垂根王」には兄がいて、その名を「大筒木垂根王《おおつつきたりねのみこ》」という。彼の娘が序章で触れた「迦具夜比売命《かぐやひめのみこと》」なのである。

もし、「竹取の翁」が「さぬきのみやつこ」こと、「讃岐造」であれば、「かぐや姫」は『古事記』に登場する「迦具夜比売命」をモデルにした物語である、という結論に人は導かれていくことになる。だが、「迦具夜比売命」が五人の貴族や天皇を袖にしたという記述や噂は、『古事記』のどこにも記されていない。

それどころか、「迦具夜比売命」は結婚して、第十一代・垂仁《すいにん》天皇の妃となっている。それなのに、「かぐや姫」のモデルにされている。おかしな話である。何らかの作為が働いているとしかいいようがない。つまり、「さぬきのみやつこ」という名前には、「かぐや姫」をある特定の人物に結びつけようとする恣意的な力が働いている。それが正しいのか、間違っているのかは抜きにしても、不可解な力が作用しているように思えてならない。

私は前著『シュメール幻想論』で、『古事記』がいかに歴史を巧妙に改竄してきたかを述べてきた。その『古事記』に記載された人名を自説の証拠にする考え方には、私は諸手を挙げて賛同できない。

では、次の「さかきのみやつこ」はどうであろうか。実は、翁の名が「さかきのみやつこ」であるとする研究者には、ある共通した主張が見られる。それは、『竹取物語』の舞台が「京都府京田辺市三木山」周辺だとする説である。この説の背景には『竹取物語』の文中に出てくる「翁の家」が深く関わっている。その部分を『竹取物語』から見てみよう。

御門《みかど》おほせ給はく、宮つこまろが家は、山もちかくなり
帝が仰るには、宮つこまろの家は、山も近くにある

これは、私が用いている「中田剛直氏旧蔵・新井本」の写本を元にした古本系の文章である。それが「天理大学附属天理図書館蔵本」を元にした流布本系では、次のようになっている。

御門、仰給《おおせたまう》、造麻呂《みやつこまろ》が家は、山本近かなり

さらに、「東京大学国文学研究室蔵・竹取物語絵巻」では、次のように記されている。

みかとおほせ給はく　みやつこまろか家は　山もとちかくなり

この場合の問題は、その訳し方にもあると思われる。一般的には次の二通りの訳が考え

られる。

一．御門が仰《おっしゃ》るには、造麻呂の家は、「山の麓《ふもと》」にある。

二．御門が仰るには、造麻呂の家は、「山本」にある。

そのため、どの写本を、さらにどの訳を採用するかによって、その意味が大きく異なってしまう。

たとえば、『竹取物語』の舞台を「京田辺市」だといっている人たちは、翁の家が「山本」にあると強く主張している。では、その「山本」が「さかきのみやつこ」と、どのように繋がるのだろうか。それを明らかにする必要がある。

話は少し複雑になるが、時代を西暦八世紀初頭に飛ばしてみたい。西暦七〇一年、「大宝律令」の制定により、日本の「駅制」が整備され始めた。「駅制」とは、中央政府と地方とを結ぶ交通の制度で、各街道の三十里（約十六キロ）ごとに一駅が置かれた。

西暦七一一年、駅の一つとして、古代山陰道と近江へ通じる交通の要所であった「筒《つつ》木《き》」に「山本駅」が置かれた。古代の「京田辺市」は元々の地名が「筒城《つつき》」といった。そこで、地名研究の権威である元同志社大学名誉教授の「森浩一《もりこういち》」氏や日本語源研究会代表で姫路獨協大学名誉教授の「吉田金彦《よしだかねひこ》」氏らが、古代の「筒木」は「筒城」であり、「山本駅」は京田辺市にあったと認定した。

このことにより、『竹取物語』の「山本」は京田辺市の「山本駅」であるという説が一挙に広まったのである。さらに、京都府京田辺市三木山にある「佐牙《さか》神社」（さが、ともいう）は、古代から酒造りの地であり「さか」と呼ばれていた。そのため、翁の名は「さぬき」のはずがなく、「さかき」であると主張した。

この「さかきのみやつこ」説には、もう一つ付け加えておかなければならないことがある。それが、「さかきのみやつこ」説も、最終的には『古事記』の「迦具夜比売命」へたどり着く点である。

先程、古代の京田辺市が「筒城《つつき》」であるといったが、この筒城が「迦具夜比売命」の父親である「大筒木垂根王《おおつつきたりねのきみ》」と関連づけられている。また、「大筒木」とは、中が空洞になった大きな木のことで、即ち、「竹」のことであると主張する人たちも多い。いずれにしても、不思議なことに「さかきのみやつこ」説も『古事記』へと集約されていく。いや、集約されていくように仕組まれている。だが、「写本」のなかには「山も近くにある」と記されたものも存在している。こちらの写本が正しければ、舞台が「山本駅」とする説は、その根拠を失うおそれがあるといえるだろう。

また、「さかきのみやつこ」説には、もう一つ別の説もある。それが「賢木造」のことだとする説である。この説を主張している人たちは、「賢木造」とは「賢貴造」のことであり、さらに、「賢貴造」とは「賢《かしこ》き人を造る」という意味だと主張している。詳しくは記さないが、「賢貴造」とは「橘諸兄《たちばなのもろえ》」（西暦六八四年～七五七年）のことで、彼が「竹取の翁」である。そして、「かぐや姫」が「橘諸兄」の姪である「阿倍内親王《あべないしんのう》」（西暦七一八年～七七〇年）だという。この「阿倍内親王」とは第四十六代・孝謙《こうけん》天皇のことである。（重祚して、第四十八代・称徳《しょうとく》天皇となる）

この説もかなり怪しげな意図が隠されている気がしてならない。それに関して今はこれ以上、語らないが、女性天皇の重祚には必ず複雑な背景が隠されている。それが「記紀」に記されている場合には、一層その解釈に注意が必要である。そのことは指摘しておきたい。

ただ、「かぐや姫」の正体を探ろうとすると、なぜか最終的に「記紀」へ導かれていく。「記紀」が原典だから当然だ、と主張する人が多いことも承知している。だが私は、それが故意に仕組まれているように思えてならない。真実からわざと目をそらすために「記紀」へ帰結させているように見える。

最後の「さるきのみやつこ」であるが、これも非常に不思議な名前といえる。なぜか、「さぬき」や「さかき」のように、「さるき」の謂《いわ》れを説明するものがほとんど存在していない。それなのに、今日まで伝わってきている。しかも、現存する最も古い写本や古体を残す写本にだけ、その名前が記されている。そのため現在では、「さるき」の「る」は、「ぬ」の「訛音《かおん》」であると、片付けられることになってしまった。「訛音」とは「なまり」のことであり、「かいん」や「音訛《おんか》」ともいう。

確かに、訛音は日本全国に存在している。私が育った越後地方では、「え」と「い」の訛音が有名である。「越後《えちご》」が「いちご」と訛るとか、「蛙《かえる》」が「かいる」となってしまう。また、他の地方では、「た」と「さ」の「訛音」や「ひ」と「し」の「訛音」などが知れている。しかし、私は「ぬ」が「る」となる「訛音」に関しては聞いたことがない。たとえ、それが存在するとしても、私の疑念は消えない。なぜなら、訛音は一種の誤りである。長い時代にわたって、写本をしているのだから、その誤りに気づかないはずがない。

普通に考えれば、そうした誤りは消えてしまい、今日まで伝わらないのが一般的である。それなのに、「さるきのみやつこ」は残り続けてきた。どうして残ったのだろうか。

私はこの「さるき」を、必死で残そうとした人々がいたと考えている。その人たちが「さるきのみやつこ」を護り続けてきたのである。この本のなかで、それを明らかにする必要があるだろう。

翁の名前に関してはまた別の問題も存在している。それが「みやつこ」である。現在、ほとんどの訳本では「造《みやつこ》」となっている。「造」とは古代の姓《かばね》で、「伴造《とものみやつこ》」を指している。「伴造」とは世襲的な職業集団を束ねていた首長のことである。大貴族ではないが、中流貴族のなかでは高い身分といえるだろう。

ところが、写本のなかには「造」ではなく、「宮つこ」と記されているものも存在している。「東京大学国文学研究室蔵」の『竹取物語絵巻』でもそうなっている。「造」と「宮つこ」とでは大違いである。「宮」とは「皇族」そのものや「皇族の住まい」を指す言葉である。

今、仮に「宮つこ」の「宮」を「宮殿」として捉えるならば、「つこ」は何なのだろうか。私は「つ」は格助詞だと考えている。その意味は「○○の」の「の」に該当する。また「こ」は接尾詞の「子」である。だとすれば、「つこ」の意味は「仕事をする人」となる。これに「宮」を付けて訳せば、「宮つこ」とは「宮殿の仕事をする人」となる。あるいは宮が人物ならば、「宮様の仕事をする人」という意味になる。その官位は「造」よりは低いが、「宮様」への距離はずっと身近な「用人」だと思われる。

では、「造」と「宮つこ」、果たしてどちらが正しいのだろうか。これも解明しなければならない課題といえるだろう。

人名に関して、もう一つだけ不可解なことを挙げておきたい。それは、「かぐや姫」の名づけ親のことである。「かぐや姫」の正式な名前は「なよ竹のかぐや姫」というが、その名前をつけたのは「竹取の翁」ではない。翁が人に頼んでつけてもらったのである。姫の名前をつけたのが、多くの写本では「御室戸斎部《みむろといんべ》の秋田」となっている。この名前の一般的な解釈では、「御室戸」が地名で、「斎部」は祭祀を司る氏族、「秋田」は諱《いみな》といわれている。

私が奇妙に思うのは、「斎部」を「忌部氏《いんべうじ》」のことだとし、讃岐国の「讃岐忌部氏」と

「讃岐造」であり、その関連からこの説では、翁が「讃岐造」であり、その関連から「讃岐忌部氏」に名づけを頼んだとしている。だが、「御室戸」に関しては地名ではなく、「神の傍」を意味する言葉であるという解釈もできる。「神や貴人の住居のことである。必ずしも、讃岐国とは限らない。むしろ「みやつこ」同様、宮様あるいは宮殿に仕えていた人に近い言葉である。竹取の翁は、同じ職場に勤める友人に名づけ親になってもらったという解釈もあり得るのだ。それなのに、「讃岐造」説では、「御室戸」とは「三室戸」のことであり、京田辺市近くの「宇治市三室戸」であるといっている。さらに、この地域は古くから竹の産地となっているとも主張している。

改めていわなくてもわかると思うが、こうした諸説は最終的に、「かぐや姫」が『古事記』に登場する「迦具夜比売命」へ帰結するようになっている。しかし、最も古い形を残している写本では、名づけ親に関して「みむろのあきた」としか書かれていない。漢字表記すれば、「御室のあきた」か「三室のあきた」である。そこには、「といんべ」に該当する部分はない。これはどういうことなのだろうか。おそらく、誰かが『竹取物語』の写本を書くたびに言葉を足していったのである。そして、最終的に「迦具夜比売命」へ行き着くよう、細工したとしか思えない。

このように、登場人物の名前が異なることで、人々を様々な論争へと導くことに繫がる。真実を曖昧《あいまい》にする古典的な手法といえるだろう。その背景には、話の意図を本来とは別の方向に導くための恣意的な行為が介在している。あるいは逆に、話の真実を正しい方向へ是正するための写し変えもあるだろう。さらには、頑なに当初の原型を伝承しようとする写本も存在し得る。

ここで例として取り上げたもの以外にも、『竹取物語』の写本には数多くの違いが存在しており、それらが謎の解明を巧妙に阻んでいる。これでは、なかなかその謎が解けないはずである。私たちはそのことを充分に踏まえたうえで、これから『竹取物語』の謎を解明していかなければならないだろう。

第三章　物語に秘められた真実

物語は説話なのか

序章で概略的に触れたが、『竹取物語』は竹中生誕説話、致富長者説話、求婚難題説話、羽衣説話、仏生説話、昇天説話、地名起源説話など、多くの「説話」を参考にして創られたという主張が定説化されている。ここでいう「説話」とは、人々の間に語り伝えられてきた話のことで、神話や伝説、民話などがそれに該当する。だが、果たして「説話」説は真実なのだろうか。私はそのことに大きな疑問を感じている。いや、そんなはずがないと強く思っている。『竹取物語』は極めて独自性の高い物語なのである。そのことを証明するため、私は『竹取物語』を説話ごとの範疇《はんちゅう》から分析してみようと考えた。

本来ならば、文学作品を図式的に分析するのは好ましくない方法である。しかし、疑問を解くためには、物語が影響を受けたといわれている「説話」を取り上げ、構造的に分析することが必要である。それによって新たな発見や、従来の捉え方の間違いなどが明らかになるだろう。

そこで、『竹取物語』に強く影響を与えたといわれている「竹中生誕説話」、「致富長者説話」、「求婚難題説話」、「羽衣説話」の四つの説話と、それに「紫式部の見解」を加えた、五つの見方から検討を行おうと思っている。また、それらの説話が『竹取物語』以前に存在していたものなのか、あるいは『竹取物語』以後のものなのか。その判断も厳密に行おうと考えている。なぜなら、『竹取物語』以後に創られた説話が、『竹取物語』に影響を及ぼすことはできないからである。こうした検討の積み重ねの先に、『竹取物語』の真実がきっと見えてくるに違いない。

竹中生誕説話の影響

まずは、「竹中生誕説話」から見ていこう。これは、範疇的には「異常誕生譚《たん》」の一つといわれている。そこで、最初に「異常誕生譚とは何か」ということを知らなくてはならないだろう。詳しい解説は割愛するが、「異常誕生譚」とは説話の一つの形態で、非生物から生まれた子供の話が中心となっている。

たとえば、「かぐや姫」を除けば、「桃太郎」「瓜子姫《うりこひめ》」「一寸法師」「田螺息子《つぶ》」「五分次郎《ごぶ》」「力太郎」などが挙げられる。ところが、これらの成立年代を見ると、『竹取物語』と同時期、あるいはそれ以後に創られたものがほとんどと思われる。そのため、『竹取物語』以前に存在していたと考えられる「異常誕生譚」が、なかなか見つからない。

一例を挙げれば、『竹取物語』と並んで最も知られている「桃太郎」の場合、その成立が室町時代（紀元十四世紀～十六世紀）頃といわれている。また、現存する最古の「桃太郎」の読物は江戸時代初期（紀元十七世紀）のものである。この「桃太郎」とほぼ同時期に創られたのが「瓜子姫」だと考えられる。その話の内容も「桃太郎」と非常によく似ている。簡単にその粗筋を紹介してみよう。

老婆《ろうば》が川から流れてきた「瓜」を拾って、割ってみるとなかから女の子が生まれた。その子は美しく成長し、「瓜子姫」と呼ばれるようになる。「瓜子姫」は殿様に見初められ、嫁入りすることに決まった。

そこで、「瓜子姫」が嫁入り支度のため機《はた》を織っていると、そこへ天邪鬼《あまのじゃく》が現れて機織りを邪魔する。「瓜子姫」は雀《すずめ》などの助けを得て天邪鬼を退治し、無事結婚する。

地域によっては、「瓜子織姫」、「瓜子姫子」などと呼ばれている。文献としては、江戸時代の国学者「喜多村信節《きたむらのぶよ》」が発行した随筆『嬉遊笑覧《きゆうしょうらん》』（西暦一八三〇年）に記されたものが初めといわれている。「瓜子姫」は、「桃」と「瓜」の違い、男の子と女の子の違いを除けば、ほとんど「桃太郎」と同じ範疇の説話である。

室町時代の終わり頃になると、「桃太郎」を基にして「一寸法師」の説話が創られたという。時代が進み、江戸時代前後にはこの「一寸法師」を基にして、「田螺息子」や「五分次郎」などが創られている。また、東北地方では江戸時代の初期頃に、お爺《じい》さんとお婆《ばあ》さんの垢《あか》から生まれた「力太郎」、あるいは「垢《あか》太郎」とか「こんび太郎」と呼ばれる子供の説話が創られている。これら日本の「異常誕生譚」を時系列で見てみると、そのほとんどが「桃太郎」から始まっていることに気づく。

では、「桃太郎」は何の影響を受けているのだろうか。私はそれが『竹取物語』ではないかと思っている。「桃太郎」と「かぐや姫」は話の展開こそ異なるものの、同じ「異常誕生譚」である。同時に、その成立年代を見れば、『竹取物語』の方が遙かに古いため、『竹取物語』が日本における「異常誕生譚」の始まりのように思われる。

ところが今の定説では、そうではないという主張が一般的になっている。その理由は、「異常誕生譚」がもう一つ別の範疇で括られるからである。その範疇とは、「小人《こびと》神譚」といわれるものである。

「小人神譚」とは、「異常に小さい人が神仙の加護により幸福になる」という説話である。その始まりは『古事記』とされ、そこに登場する「少名毘古那神《すくなひこなのかみ》」が始祖に該当するといわれている。この「少名毘古那神」は、『古事記』（上巻）では神産巣日神《かむむすひのかみ》の子供となっている。体が非常に小さく、大国主神《おおくにぬしのかみ》と協力して国づくりを行ったとされている。最後は、粟茎《あわがら》に弾《はじ》かれて常世国《とこよ》へ帰ってしまう。今日では、この神話が「かぐや姫」や「桃太郎」、「一寸法師」の基になったとされている。

ここまで読んできて、疑問を感じた方は多いと思う。そう、また『古事記』なのである。この構造は、序章で述べた迦具夜比売命《かぐやひめのみこと》と同じである。「かぐや姫」が迦具夜比売命に類推されたように、『竹取物語』の「異常誕生譚」も少名毘古那神の「小人神譚」に収斂《しゅうれん》されてしまう。しかし、『古事記』の原文を読んでみると、疑念が感じられてならない。それを共感してもらうため、『古事記』からその部分を抜粋してみた。

故、大國主神、坐出雲之御大之御前時、自波穂、乘天之羅摩船而、内剥鵝皮剥、爲衣服、有歸來神。爾雖問其名不答。且雖問所從之諸神、皆白不知。爾多邇具久白言、（自多下四字以音）此者久延毘古必知之、即召久延毘古問時、答白此者神産巣日神之御子、少名毘古那神。（自毘下三字以音）故爾白上於神産巣日御祖命者、答告、此者實我子也。於子之中、自我手俣久岐斯子也。

簡単に訳してみると次のようになる。

大国主神が出雲の御大之御前《みほのみさき》（現在の美保岬）にいる時、飛沫《しぶき》立つ波頭を伝い、天《あめ》の羅摩船《かかみふね》（カガイモの蔓で編んだ船）に乗りヒムシ（蛾）の皮を身に纏い、やって来る小さな神がいた。大国主神がその名を聞くが、答えない。他の神々にも尋ねたが、皆、その神のことを知らない。すると、多迩具久《たにぐく》が「この神については久延毘古《くえびこ》なら必ず知っているだろう」といったので、すぐに久延毘古を召し出し聞くと、「この神は神産巣日神《かむむすひのかみ》の子、少彦名神《すくなひこなのかみ》だ」と大国主に答えた。そこで、大国主が神産巣日神にお伺《うかが》いすると「これは確かに私の子だ。私の手のひらの指の間から生まれた子である」といった。

この部分を読むと、少名毘古那神が極めて小さい神であり、「小人神譚」の基になったことは否定できない。ただ、少名毘古那神に「異常誕生譚」が適用できるのかは、極めて疑問である。

なぜなら、少名毘古那神は初めから神の手のなかで小さく生まれてきた神である。竹や桃、瓜などの非生物から生まれた「異常誕生譚」ではない。さらに少名毘古那神は成長して大きくなることがなかった。それを『竹取物語』の基になった説話であると断定するのは、どう考えてもおかしい。むしろ、『竹取物語』を『古事記』に収斂させるため創り出したのが、少名毘古那神であるように思えてならない。

現在の研究者の間でも、『古事記』には『竹取物語』に対する恣意的な虚構が影を落としている、と主張する人もいる。この「古事記の呪縛」から逃れない限り、日本における創作物語のすべての始祖が、『古事記』になってしまうことが危惧《きぐ》される。なぜ、『古事記』の編纂者たちはそこまでして、『竹取物語』を『古事記』の傘下に収めようとしたのだろうか。それはおそらく、『竹取物語』が当時の権力者にとって、極めて危険で政治的な物語であったからに違いない。それに対する怯《おび》えの裏返しとして、『古事記』によって『竹取物語』を押さえつけようとしたのである。

致富長者説話の影響

話を次の説話に移そう。それが「致富長者説話」である。「致富長者伝説」とは長者伝説の一つで、偶然や超常的な力が働いて富を得る説話のことである。よく知られている説話としては、思いがけない物々交換によって大きな富を得た「わらしべ長者」や炭焼が黄金を得る「炭焼長者」などが挙げられる。ただ、それらの成立年代をみると、紀元十二世紀頃ではないかと思われる。

文献としては、紀元十二世紀末頃に成立した『今昔《こんじやく》物語集』や紀元十三世紀初頭に成立した『宇治拾遺《うじしゅうい》物語』などに「致富長者説話」が収められている。そのため、日本においては、ここでもまた『竹取物語』が最も古い例といえる。

しかし、「わらしべ長者」のような形態の「致富長者伝説」は、日本だけでなく世界中に存在している。そのなかでも、世界最古の児童書といわれている、西暦二〇〇年頃にインドで創られた『パンチャタントラ』のなかにその原型を見ることができる。

この『パンチャタントラ』はサンスクリット語で書かれた、全五巻・八十四話からなる説話集である。作者は「ヴィシュヌ・シャルマー」と伝えられており、王族の子供たちに対して、政治、処世、倫理などを教示するための児童向け書籍であった。西暦五〇〇年代に様々な国の言語に翻訳され、世界中へ広がったといわれている。『パンチャタントラ』にはさらに古代に創られた原典が存在する。それが、釈迦《しゃか》の前世を語った説話集『ジャータカ』である。『ジャータカ』は紀元前三世紀頃、インドで伝承されていた説話などが基となり創られた。その『ジャータカ』のなかに、鼠《ねずみ》一匹から始まり、最後は豪商の婿《むこ》となる「チュッカラ長者の話」の説話が収められている。その話を簡単に紹介してみよう。


ある時、貧しい男が金持ちに金を借りに行った。すると、金持ちに鼠一匹からでも裕福になれるといわれる。

男は鼠の死骸《しがい》をもらい、それを猫の餌《えさ》として売って、豆を買った。男はその豆を挽き、粉にして薪《たきぎ》と交換した。

こうして、薪を貯めた男は、大雨で薪が不足した時にそれを売って大儲けし、最後は金持ちの娘を嫁にもらった。


こうした「致富長者伝説」などが収められている『ジャータカ』は漢訳され、日本に『本生経《ほんしょうきょう》』という仏典として伝わった。問題は、日本へいつ伝わったかという点である。『竹取物語』が成立する以前なのか、以後なのか。それによって、考え方が大きく異なってくる。今、仮に『竹取物語』が紀元八世紀頃に成立したと仮定しよう。果たして、『本生経』はそれ以前に日本へ伝わっていたのだろうか。

残念なことに、『本生経』がいつ日本へ伝わったのか、確たる文献が存在していない。ただ、間接的な物証なら存在する。それが、法隆寺に設置されている「玉虫厨子《たまむしのずし》」である。この「玉虫厨子」には、「施身聞偈図《せしんもんげず》の雪山童子《せっせんどうじ》」と「捨身飼虎図《しゃしんしこず》の薩埵太子《さったたいし》」が描かれている。修学旅行などで、これを実際に見た人も多いと思われる。この有名な絵は、『本生経』に記された釈迦の前世を図として描いたものである。「玉虫厨子」そのものは紀元七世紀に創られたといわれている。

西暦七四七年の「法隆寺資財帳」には、法隆寺金堂の中に「宮殿像二具」があると記されている。そのうちの一つである「一具金涅押出千仏像」と記載されている宝物が、「玉虫厨子」ではないかといわれている。

こうしたことから、紀元八世紀の中頃には『本生経』が日本へ伝わっていたと考えられる。仮に、『竹取物語』が紀元八世紀の中頃以降に創られたのであれば、『本生経』の影響を受けていたと考えられる。

だが、私は『竹取物語』が『本生経』の伝来以前に創られたのではないかと考えている。なぜなら、『竹取物語』には人の因果や前世との因縁《いんえん》、因果応報《いんがおうほう》や諸行無常などに関してかなり深く記載されている。これらは『本生経』ではなく、紀元五世紀に伝来した多くの仏典の影響だと思われる。『万葉集』に登場する「竹取の翁」の因果応報の世界観などは、その顕著な現れだといえるだろう。

おそらく、『竹取物語』は『本生経』などの、「致富長者説話」の影響を受けていないと思われる。たとえ、影響を受けていてもそれが主題ではない。それが証拠に、『竹取物語』全体における「致富長者説話」の部分は、わずか一割にも満たない。文字量で見れば、およそ半頁《ページ》分しかない。これが主たるテーマでないことは一目瞭然《いちもくりょうぜん》である。むしろ重要なのは、『竹取物語』の作者が漢文で書かれた多くの仏典を熟読していることである。作者は当時、相当な知識人であり、貴重な仏典を読める立場にあった人物といえる。このことは今後、『竹取物語』の作者の正体を考える際に、極めて大きな鍵になり得るといえるだろう。

求婚難題説話の影響

次に「求婚難題説話」を見てみよう。実は、『竹取物語』全体の六割以上を占めているのが、この「求婚難題説話」なのである。「求婚難題説話」は「課題婚説話《かだいこんせつわ》」ともいわれ、説話類型の一つとして世界中によく見られる。具体的には、女性に一目惚《ひとめぼ》れした男性が結婚しようとして、女性の両親や親族などから難題を課せられる。男性は結婚相手の女性などの助けを得てそれを克服し、許しを得て結婚する、という内容が多い。（希《まれ》に女性自身からの難題もある）

問題は、この「求婚難題説話」が、いつの時代に生まれたのかということである。日本においては、『古事記』に登場する「須勢理毘売命《すせりびめのみこと》」の神話が、その初めとされている。驚くことに、また、『古事記』なのである。その神話の内容を簡単に説明してみよう。

あるとき、根の国にやって来た「大穴牟遅神《おおなむちの》」（大国主神の前身）は、「須佐之男命《すさのおのみこと》」の娘である「須勢理毘売命」と結ばれる。

それを知った須佐之男命は厳しい試練を大穴牟遅神に与えた。大穴牟遅神は須勢理毘売命の助けを借りて、試練を乗り越える。

そして、大穴牟遅神は須佐之男命の宝物を持った須勢理毘売命を背負い、根の国を逃れる。

これが、『古事記』に記された「求婚難題説話」である。ところがなぜか、この神話は『日本書紀』には記されていない。果たしてこれが『竹取物語』に影響を及ぼした「求婚難題説話」なのだろうか。『竹取物語』と『古事記』の関係については、終章で詳しく触れようと思っているが、結論的にいえば、私は『古事記』の影響は受けていないと考えている。

では、日本以外の国ではどうなっているのだろうか。私は、『ギリシア神話』のなかにある「アタランテ」の話が、最も古いものではないかと考えている。それを簡単に紹介してみたい。

女狩人《かりうど》のアタランテは驚くほど美しかったため求婚者が殺到した。そこで、アタランテは結婚の条件として、男性たちに彼女との競争に勝つことを求めた。

アタランテは男性たちを先にスタートさせ、彼女が追い抜いた男性たちを次々に射殺した。

しかし最後に、「美と戦いの女神アプロディーテー」の力を借りた「ヒッポメネース」にアタランテが負けて結婚した。

この『ギリシア神話』は、およそ紀元前十五世紀頃に生まれたといわれている。それを文字の形で記録し、神々や英雄たちの関係を体系的に纏めたのが、『神統記《しんとうき》』で有名な紀元前八世紀の詩人「ヘーシオドス」である。この『ギリシア神話』がいつ日本へ伝わったのだろうか。前著『シュメール幻想論』でも述べたが、私は『ギリシア神話』や日本の「記紀」は、シュメール文化の影響を強く受けており、およそ紀元五世紀頃から、インド、中国を経由して少しずつシュメール文化が日本へ伝来してきたと考えている。

また、文献ではないが、正倉院には古代ギリシアやペルシャの宝物が残されている。さらに、法隆寺には古代ギリシアの建築法であるエンタシスの柱が現存している。従って、これらシュメール系の古代ギリシアの文化や知識が、『竹取物語』成立以前に伝わっていたことは充分考えられる。しかし、多くの「求婚難題説話」が試練や難題を解決して、最後は結婚するという形式であるのに対して、『竹取物語』はすべての求婚者を退けるという、極めて異質な説話となっている。その特異な理由を考える必要があるだろう。

私は古代において、「課題婚」という現象は、それほど珍しい出来事ではなかったと思っている。今日でも結婚に際して、双方の両親や親族から無理難題が出されるという現象は、日常的によく見られる。それなのに、求婚された女性本人が難題を持ち出し、それを理由にして婚姻《こんいん》を拒絶するという方が、非常に特殊であると考えられる。特に、『竹取物語』では、五人もの求婚者を次々と退けている。私はそのなかに作者の強い拒絶の意志を感じてならない。

文学的に捉えれば、『竹取物語』は結婚に際しての「課題婚説話」ではなく、「求婚拒絶説話」である。そこには、「私は絶対に結婚しない」という非常に強い信念が込められている。これは『竹取物語』だけに見られる特徴で、そのことにより、『竹取物語』が『ギリシア神話』の影響を受けていないと私は判断している。

結論的にいえば、「求婚難題説話」は難題を解決して結婚するという説話であり、『竹取物語』はそれとは異なっている。『竹取物語』の六割以上を占めているのは、「求婚拒絶」の強い意志である。なぜ、「かぐや姫」はそこまでの強い意志を貫き通したのだろうか。それこそが、物語の真相に関わる部分だと指摘できる。その真相にたどり着けなかった「斑竹姑娘」の作者は、「斑竹姑娘」が従来通りの一般的な「求婚難題説話」の結婚という形にならざるを得なかった。それを見ても、「斑竹姑娘」が『竹取物語』のモデルでないことが明白といえるだろう。

羽衣説話の影響

最後に検討するのが「羽衣説話」である。「羽衣説話」は「羽衣伝説」ともいい、日本各地に存在する説話の一つといえる。最も古いものとしては、『近江国風土記《おうみのくにふどき》』に残っている「逸文」が有名である。「逸文」とは、原文がほとんどなくなってしまい、ほかの書物などに一部が引用されているだけで、完全な形で残っていない文章のことである。その「羽衣説話」の「逸文」としては、ほかに『丹後国風土記《たんごのくにふどき》』にも残っている。また、これら「風土記」に伝わる「羽衣説話」が、日本の各地に流布されて、それぞれの地域に定着したと思われる。ところが、この「近江国」と「丹後国」とでは、その「羽衣説話」の終わり方が微妙に異なっている。

たとえば、「羽衣説話」の始まりは両者ともほぼ同じである。天界から羽衣で降りてきた天女に恋した男（あるいは翁）が、その羽衣を隠してしまう。ここまでは二つの風土記とも同じである。だが、その先が違っている。「近江国」では、羽衣を隠された天女は天界へ戻れず、男と結婚する。二人の間に子供が生まれ、幸せを享受することになるが、羽衣を見つけた天女が男と子供を残して天界に戻ってしまう。それに対して「丹後国」では、天界に戻れなくなった天女を翁が家に連れ帰って、媼《おうな》と共に自分たちの子供にする。天女は一生懸命に働き、老夫婦は裕福になる。金持ちになった老夫婦は天女を追い出し、天女はその地を徘徊《はいかい》することになる。

この二つの形が原型となり、天界へ子供と二人で戻ったとか、天女の父親が難題を出す、といったように、各地で様々な展開の「羽衣伝説」が創られるようになった。果たして、この「羽衣説話」が『竹取物語』に影響を与えたのか。それとも逆に『竹取物語』が「羽衣説話」に影響を与えたのか。それを明らかにしなくてはならない。

その方法として、いつものように時代考証から見てみよう。「近江国」も「丹後国」も、「逸文」として残っていたのが「風土記」である。この「風土記」がいつ創られたのか、それを調べることが重要といえるだろう。

西暦六九七年から七九一年までの出来事を編年体で纏めた『続日本紀《しょくにほんぎ》』によれば、西暦七一三年、第四十三代・元明天皇の詔により、六十余国の地名やその由来、特産物、説話などを報告するよう命じたのが、「風土記」編纂の始まりとされている。現在、そのなかで完全に近い形で残っているのが、『出雲国風土記《いずものくにふどき》』だけである。

各地の「風土記」は、天平《てんぴょう》時代（西暦七二九年～七四九年）に編纂されたと思われるが、それらはほとんど失われ、西暦九二五年に再度報告するように命が出されている。なお、現存している『出雲国風土記』には、西暦七三三年の日付が残されている。ただ、『出雲国風土記』には「羽衣説話」が記されていない。

これらの事実を総合的に見た場合、『出雲国風土記』が創られた頃には「羽衣説話」はまだ浸透していなかったと思われる。『近江国風土記』は『出雲国風土記』とほぼ同時期か、『出雲国風土記』のすぐ後に創られたが、その頃にはまだ「羽衣説話」が創られていなかった。それが創られたのは、西暦九二五年の命の後だと考えられる。そして、『丹後国風土記』の「羽衣説話」は、『近江国風土記』を参考にして創られたと思われる。なぜなら、『丹後国風土記』には「羽衣伝説」以外にも「浦島伝説」が記されており、また「羽衣伝説」のなかには万葉仮名で書かれた和歌も収められていたからだ。本来、初期の「風土記」は漢文体であるため、『丹後国風土記』は時代的に新しいものといえるだろう。おそらく、各地の神話や民話、説話を調べたうえで編纂されたものではないだろうか。従って、『竹取物語』に影響を与えたとは考えにくい。

また、『近江国風土記』の「羽衣説話」は、紀元八世紀頃に創られたものと考えられるが、私はそれが『竹取物語』に影響を与えたとは思っていない。その大きな理由は、「羽衣説話」の昇天と「かぐや姫」の昇天とでは、その意味がまったく異なっているからである。「羽衣説話」の天女は、たまたま水浴びのために地上へ来て、羽衣を隠されたために戻れなくなった。

それに対して、「かぐや姫」は明確な意図を持って地上に現れ、その役目が終了したので、月へ戻ったのである。天へ昇ったという形態は同じであるが、その実態はまるで違うといえるだろう。

ただ、『竹取物語』の作者や『近江国風土記』の編纂者に影響を与えた説話がほかに存在していると思われる。それが、「東晋《とうしん》」の「干宝《かんぽう》」が書いた『捜神記《そうじんき》』である。「東晋」とは、中国の江南にあった国で、西暦三一七年から四二〇年の間、存在していた。その「東晋」の歴史家で、文学者でもあった「干宝」(生没年不詳)が、紀元四世紀に記したのが『捜神記』である。その巻十四に「毛衣女」という話がある。まずは、その原文を見てみよう。

豫章新喩縣男子　見田中有六七女　皆衣毛衣　不知是鳥。匍匐往得其一女所解毛衣　取藏之。即往就諸鳥。諸鳥各飛去　一鳥獨不得去。男子取以為婦。生三女。其母后使女問父　知衣在積稲下　得之　衣而飛去　后復以迎三女　女亦得飛去。

簡単に訳してみると、次のようになる。

豫章郡（現、江西省北部）の新喩縣（現、新余市）の男が、田のなかにいる六、七人の女を見た。みな毛衣（鳥のような羽衣）を着ていて、鳥か人か分からない。そっと這《は》って近づき、一人の女が脱いだ毛衣を取って隠した。そして、ほかの女たちの毛衣も奪おうとしたが、女たちはみな鳥となって飛び去ってしまった。

毛衣を奪われた一羽だけは逃げ去ることができず、その女を男は連れ帰って自分の妻にした。やがて、二人の間に三人の娘が生まれた。母となった女は娘たちを使って、父親に毛衣のありかを尋ねさせた。毛衣が積んである稲の下にあることを知った母は、それを着て飛び去ってしまった。

その後、娘たちを迎えに来た母は、三人の娘たちと共に飛び去って行った。

この話は『近江国風土記』の「羽衣説話」と非常に酷似している。間違いなく、この

「毛衣女」が影響を及ぼしたものと考えられる。同時に『竹取物語』の作者もこの話を知っていたに違いない。確証はないが、『捜神記』を読んでいたと思われる。

こうした「羽衣説話」と類似した説話は日本や中国だけでなく、世界中に存在している。それらは総称して「白鳥伝説」と呼ばれており、その起源を巡って様々な主張がなされている。たとえば、ヨーロッパでは『ギリシア神話』の「オリオンとプレアデス」が起源とされている。簡単にこの話の概略を説明すると、次のようになっている。


プレアデスと呼ばれていた美しい七人姉妹がいて、いつも森のなかで遊んでいた。ある日、七人姉妹は猟師のオリオンに襲われた。オリオンはシリウスという名の猟犬をけしかけて、七人姉妹を捕まえようとした。逃げ疲れた七人姉妹は神々に助けを求めた。神々は七人姉妹を鳥に変えて空へ逃がし、そのまま天に昇らせると、七つの星に変えた。やがて、七つの星は六つの星となり、夜空に輝くことになった。

一つの星が消えた理由は、一人が人間に恋をして姿を隠したためとか、流れ星となって飛び去ったため、などといわれている。

果たして、この神話が「羽衣説話」や「白鳥伝説」の起源になり得るのか、私は疑問視している。この『ギリシア神話』起源説に対して、インドの『リグ・ヴェーダ』が最古の「白鳥伝説」だとする説もある。『リグ・ヴェーダ』とは古代インドのバラモン教の聖典であり、紀元前一二〇〇年から紀元前一〇〇〇年にかけて成立したといわれている。この『リグ・ヴェーダ』のなかにある「白鳥伝説」の概略も見てみよう。

すべての人間の祖であるマヌとイーダーの間にプルーラヴァスが生まれた。

プルーラヴァスは天界の踊り子の一人であるウルヴァシーを妻とした。ところが、天界の楽士であったガンダルヴァたちは、ウルヴァシーをプルーラヴァスにとられたことが許せなかった。そこで、ガンダルヴァたちは二人を罠《わな》にかけて、その仲を裂いた。

プルーラヴァスはウルヴァシーの姿を求めて地を彷徨《さまよ》い続け、ある湖で「ハンサ」に姿を変えていたウルヴァシーを見つけた。

その後、二人は試練を乗り越えて、ほんとうの夫婦になった。

本来、この説話は非常に長いので、私なりに話を簡素化してあるが、本筋は変えていない。

ここで問題なのが、「ハンサ」である。私の知るところでは、ヒンズー教に伝わる「神の鳥」のことである。一説では、「白い鵞鳥《がちょう》」の姿をしているといわれている。そのため、「ハンサ」を「鵞鳥」と訳す本と、「白鳥」と訳す本がある。そして、それが「白鳥伝説」の起源とされている。余談ではあるが、正確に訳すのならば、私は「ハンサ鳥」にすべきだと思っている。

また、この説話が「羽衣伝説」の起源になったとはいえないような気がしている。おそらく、「羽衣説話」や「白鳥伝説」は、『リグ・ヴェーダ』や「ギリシア神話」、さらに、ほかの「神話」「説話」「民話」などが混ざり合い、創られたのではないだろうか。そのなかで、最も完成形に近い『捜神記』が日本に伝わり、『竹取物語』や「風土記」に影響を及ぼしたと考えられる。

しかし、『竹取物語』の作者にとって、その影響は極めて小さいと思われる。『竹取物語』は『捜神記』のテーマに触発されて書かれたものではないといえるだろう。創作上の表現例の一つになったが、それはあくまでも参考文献であったに違いない。なぜならば、「羽衣伝説」の「天界」と『竹取物語』の「月」とでは、その意味が大きく異なっているからである。「天界」には幸せな世界という印象が強いが、『竹取物語』の「月」には陰鬱な世界の思いが漂っている。このことに関しては、後から詳しく説明を加えたいと思う。

紫式部の見解

今まで四つの説話に関して見てきたが、どの説話も『竹取物語』に決定的な影響を与えた痕跡が見当たらなかった。それどころか、日本においては、ほとんどの説話が『竹取物語』以後に創られていた。

ただ、極めて大きな疑念として、日本のすべての説話が『古事記』が基になっている、という帰結が指摘できる。このままでは、日本の説話の原初が『古事記』になってしまいそうな勢いである。おそらく、こうした危惧は古代から存在していたのではないだろうか。そこで、紫式部の『源氏物語』巻十七「絵合《えあわせ》」の文章を思い起こして欲しい。紫式部は「物語の出で来はじめの祖なる竹取の翁」と記している。この文章は、単に『竹取物語』が最初の物語であるといっているだけではない。そのことを否定しようとする勢力に対して、紫式部が「違う」と断言しているように思えてならない。

紫式部が記した「物語の出で来はじめの祖」とは、これが「説話」の始祖であって、他はすべてその子孫であると宣言している言葉である。もし、『古事記』が説話の始祖であれば、「古事記こそ物語の出で来はじめの祖」と紫式部は書いていたと思われる。

その「物語の出で来はじめの祖」である『竹取物語』を、紫式部はどのように捉えていたのだろうか。直接的に言及したものは残されていないが、「絵合」のなかに数行、『竹取物語』に関わる記述がなされている。その内容を検討する前に、「絵合」に関して簡単に説明を加えておきたい。「絵合」とは平安時代の貴族が行った遊戯《ゆうぎ》の一種である。左右に分かれた二組が、それぞれ物語に関係する絵画を出し合い、その技巧や図案の優劣を競った。従って、競う作品の優劣は物語の内容ではなく絵画の方であるが、時に物語の内容も影響を及ぼすことがあった。

紫式部は「絵合」のなかで、物語の始祖である『竹取の翁』と『宇津保《うつほ》の俊蔭《としかげ》』を最初に競わせている。私はある意味で、この取り合わせは絶妙ではないかと考えている。それは、『宇津保物語《うつほものがたり》』が、説話である『竹取物語』と、写実性の高い『源氏物語』の中間に位置する物語であるからといえる。『宇津保物語』は平安時代中期（紀元十世紀後半頃と推測）に創られた物語で、四代にわたる琴の秘曲伝承を核にして、当時の政争や貴族生活を書いた長編小説である。作者は不明で、その物語のなかに登場する「清原俊蔭《きよはらのとしかげ》」が絵の題材となっている。

話を『源氏物語』に戻そう。紫式部は「絵合」のなかで、『竹取物語』をどのように評価しているのか、それを見てみようと思う。それほど長い文章ではないため、私なりに原文をわかりやすく改行し、それを訳してみた。なお、原文に関しては、「伝定家筆本」などを底本とした『源氏物語』（小学館）を参考に用いた。また、訳部分に関しては、『源氏物語』（小学館）、『源氏物語』（岩波書店）などの解説を基にし、それに「與謝野晶子《よさのあきこ》」氏訳の『全訳源氏物語』（角川文庫）を参考にした。

まづ、物語の出で来はじめの親なる竹取の翁に宇津保の俊蔭を合はせて争ふ。

（左方）

「なよ竹の世々に古《ふ》りにけること、をかしきふしもなけれど、かぐや姫のこの世の濁りに

も穢《けが》れず、はるかに思ひのぼれる契《ちぎ》りたかく、神世のことなめれば、あさはかなる女、目及ばぬならむかし」と言ふ。

右は、かぐや姫ののぼりけむ雲居《くもい》はげに及ばぬことなれば、誰も知りがたし。この世の契りは竹の中に結びければ、下《くだ》れる人のこととこそは見ゆめれ。ひとつ家の内は照らしけめど、ももしきのかしこき御光には並ばずなりにけり。阿部のおほしが千々《ちぢ》の金《こがね》を棄てて、火鼠《ひねずみ》の思ひ片時に消えたるもいとあへなし。車持《くらもち》の親王《みこ》の、まことの蓬莱《ほうらい》の深き心も知りながら、いつはりて玉の枝に瑕《きず》をつけたるをあやまちとなす。

これを簡単に訳すと、次のようになる。

最初に、左方は物語の始祖である『竹取の翁』を、右方は『宇津保の俊蔭』を合わせて優劣を争うことになった。

左方は、「なよ竹の歳月を重ねて、古くから伝わる話であり、おもしろいことはないけれども、かぐや姫がこの世の濁りにもけがれず、はるかに気位を高く持って、天に昇った宿縁は気高く、神代のことのようですから、思慮の浅い女には、想像もつかないでしょう」という。

それに対して、右方は、「かぐや姫が昇天したという雲居は、おっしゃるとおり、私たちの手の届かない所ですから、誰にも分からないでしょう。

この世の縁を竹の中で結んだのですから、身分のいやしい人かと思われます。翁一家のなかだけは照り輝いたかも知れませんが、宮中の畏《おそ》れ多い御門の光と並んで妃にならずに終わってしまいました。

阿部のおおしが千金を投じて買い求めた火鼠の皮衣がたちまち燃え尽きたように、その思いが消え失せたのは実にあっけない話です。

車持の親王が、真実の蓬萊に関する神秘の事実を知りながら、贋物《がんぶつ》を造って玉の枝に瑕《きず》をつけたのが欠点といえるでしょう」と言った。

短い文章であるが、深読みしようと思えば、際限なく深く読める文章でもある。物語的には、左右に分かれた組の評価に関する言葉であるが、それを書いているのは紫式部一人である。そのため、その文章のなかに隠された彼女の本音が秘められていると考えていいだろう。

初めに紫式部は左方の口を借りて、次のように評価を下している。「かぐや姫のこの世の濁りにも穢れず、はるかに思ひのぼれる契りたかく」と。これは「かぐや姫」がこの世の濁りにも汚れず、高い気位を持って天に昇ったことを讃えている。視点を変えれば、この世が汚れており、その汚れに染まらずに求婚を拒否し続けたことを褒め讃えているといえるだろう。つまり、紫式部は「かぐや姫」が行った拒否の行為が正しかったといっている。まるで、あたかも過去に存在した出来事のように評価している点が注目される。そして次に、右方の言葉が語られている。私はそのなかで、三つの表現に注目してみた。

この世の契りは竹の中に結びければ、下れる人のこと

この部分は、多くの訳者が「竹の中に生まれたので、素性《すじょう》の卑《いや》しい人」、あるいは「身分の卑しい人」と訳している。しかし、私は以前からこの「下れる人」の訳に関して、疑念を感じていた。「下れる」の自動詞は「下る」である。その意味は「地位や品位が劣る」

ことである。それをそのまま訳せば、「下れる人」は「身分の卑しい人」で間違っていない。

私が拘《こだわ》っているのは、「下る」には他の意味も存在している点である。そのなかでも、「敵に降伏する」とか「上から下へ落ちる」という意味に私は強く注目している。後から明らかにしようと思っているが、私は紫式部がここで、「かぐや姫は、敵に降伏して身分が下へ落ちた家の人」と語っているような気がしてならない。深読みすれば、「それ故、かぐや姫は天から下りて竹のなかにいた」といっているような気がする。そして、この解釈は、『万葉集』に登場する「竹取の翁」が、昔は権勢の中心にいたが今は落ちぶれている、という部分に繋がっているように思われる。

天才的歌人の與謝野晶子氏は、この部分の直訳を回避し、「この世の生活の写してある所はあまりにも非貴族的で」と訳している。さすがとしかいいようがない。学者ならば「身分の卑しい人」と訳すだろうが、文学者はこの部分に強い疑問を感じるのである。竹のなかに生まれたら、どうして身分が卑しいのか。それに関する答えや他の類例がない以上、これを「身分の卑しい人」とは訳せないのである。

私が次に気になるのがこの文章である。

ひとつ家の内は照らしけめど、ももしきのかしこき御光には並ばずなりにけり

これは、「かぐや姫」が翁一家だけは豊かにしたが、ほんとうの栄達を得ていないと語っている。これを語ることで、紫式部は何をいいたかったのか。それは、『竹取物語』が「致富長者説話」ではないことを匂わせている。おそらく、紫式部の時代になると、「致富長者説話」のようなものが流布され始めてきたと考えられる。その風潮のなかで、『竹取物語』を「致富長者説話」の範疇に押し込めようとする動きがあったのかも知れない。それに対して、紫式部が暗に違うと表現したように思えてならない。

私の疑念の三つ目が、紫式部が名前を挙げた「阿部のおおし」と「車持の親王」の二人である。紫式部は求婚した五人の貴族のなかから、なぜこの二人だけを特に選んだのだろうか。五人全員を取り上げてもよかったし、他の二人でもよかった。それなのに、どうして「阿部のおおし」と「車持の親王」なのだろうか。おそらく、紫式部がこの二人を特に許せないと感じていたからに違いない。彼女はこの二人が極めて卑怯《ひきょう》な貴族であると思っていた。同時にその求婚の理不尽さにも憤っているように思われる。

なぜ、紫式部はそう思っていたのだろうか。その理由をどこかで明らかにしなくてはならないだろう。

物語の本質は何か

実は、『竹取物語』を巡って、学者や研究者の間で「羽衣説話」と「求婚難題説話」のどちらが物語の本質であるのか、という不毛な論争が続いている。私は、どちらも物語の本質ではないと考えているが、この論争におけるそれぞれの主張の概要だけは紹介しておきたい。

最初に、「羽衣説話」が『竹取物語』の本質であると主張している人たちの意見を集約すると、次のようになる。


この物語は、異界から来た主人公が貧しい老夫婦を富ませた後に、再び異界へ去ってい

くという内容から成り立っており、構造的には「羽衣伝説」と同一といえる。「求婚難題説話」を「羽衣伝説」が包み込んだ物語である。

それに対して、「求婚難題説話」が本質だと主張する人たちは、次のようにいっている。

この物語の「求婚難題」部分は、ほかに類する話がなく、作者が創意を発揮して、独自の思想・感情を盛り込んでいる。従って、そこにこそ、『竹取物語』の文学としての意図があった。

私は物語の分析としては、「求婚難題説話」の方が優れていると思っている。しかし、双方とも『竹取物語』の作者がなぜ、この物語を創作したのか、その理由や背景を明らかにできていない。これでは分析になっていないといえるだろう。改めて、四つの説話の影響性を整理してみると、次のようなことがいえる。

物語が「竹中生誕説話」になっているのは、作者が「異常誕生譚」の説話を書きたかったわけでもなく、『古事記』に影響されたわけでもない。作者がある意図の基に「竹」を利用したかったからだと思われる。

次に「致富長者伝説」は、作者が仏教の影響を受けていることを匂わせるための手法の一つであって、翁を裕福にすることを主眼にした物語ではないといえる。

そして、最も重要な判断が『竹取物語』は「求婚難題説話」ではなく「求婚拒絶説話」になっているという認識である。

最後に「羽衣説話」であるが、物語の終わり方に『捜神記』の影響を受けているが、『捜神記』の「天界」と『竹取物語』の「月」とでは、その世界観が大きく異なっており、影響を受けたとはいい難い。

要するに、『竹取物語』は多くの研究者たちがいっているような説話に基づく物語ではなく、独自の価値観に基づく物語であるといえるだろう。また、現在、流布されている多くの説話は歴史的に見て、『竹取物語』から派生したものが多いと考えられる。

私は『竹取物語』の真実が紫式部の言葉のなかにあるような気がしてならない。紫式部は「かぐや姫」の一連の拒否行動を高く評価しており、逆に求婚した貴族たちを手厳しく非難している。その文章を読むと、まるで現実にあった出来事への評価のように思えるほどである。

こうしたことから、私は『竹取物語』が女性の強い意志や決意を記した物語であると考えている。そこには、歴史の皮肉や人の世の無情さに翻弄《ほんろう》されながらも、強く自分の思いを貫いた姫の姿が見え隠れしている。しかも、紫式部が記しているように、その姫の生き方や意志は極めてリアリティに満ちている。その姫が私に向かって、「早く、ほんとうの私のことを語ってください」と、問いかけているような気がしてならない。

第四章　壬申《じんしん》の乱との関わり

無視できない加納諸平《かのうもろひら》の視点

江戸時代の後期、一人の国文学者が『竹取物語』に関して驚きの説を提唱した。その国学者の名は「加納諸平」（西暦一八〇六年～一八五七年）という。

加納は『竹取物語考』（成立年度不明。没後、西暦一九二六年六月に出版される）という著書のなかで、『竹取物語』に登場する五人の求婚者たちが、「壬申の乱」（西暦六七二年）と関係する実在の人物であることを指摘した。これ以降、『竹取物語』の謎を解明するうえで、誰もが「壬申の乱」との関わりを避けて通れなくなった。そこで、私も『竹取物語』と「壬申の乱」との関わりを見る必要があるだろう。それに先立ち、まず「壬申の乱」とはどのような乱だったのか、簡単に明らかにしておこうと思う。

西暦六七一年、第三十八代・天智《てんじ》天皇が崩御《ほうぎょ》した。翌年、その皇位継承を巡って、天智天皇の長子である「大友皇子《おおとものおうじ》」と天智天皇の弟である「大海人皇子《おおあまのおうじ》」とが相争った。戦いは大海人皇子が勝利した。大友皇子は自害し、彼に従った重臣たちはほとんど処刑された。この年（西暦六七二年）が壬申の年にあたることから、のちに「壬申の乱」といわれることになる。一説では、負けた大友皇子は天智天皇の崩御後すぐに即位しており、すでに新しい天皇になっていたともいわれている。これに関して、西暦一八七〇年（明治三年）、大友皇子に諡号《しごう》が贈られて、第三十九代・弘文《こうぶん》天皇となった。もし大友皇子の即位が事実ならば、「壬申の乱」は大友皇子（弘文天皇）に対する大海人皇子のクーデターといえるだろう。

勝利した大海人皇子は西暦六七三年に飛鳥浄御原宮《あすかのきよみはらのみや》で即位し、第四十代・天武《てんむ》天皇となった。つまり、「壬申の乱」の背景には極めて複雑な人間模様が蠢《うごめ》いているといえる。その「壬申の乱」が『竹取物語』と、どのように関連しているのだろうか。加納の説を見てみることにしよう。

加納は、西暦七〇一年（文武天皇五年）の『公卿補任《くぎょうぶにん》』に記されていた公卿たちと五人の求婚者が酷似していることに気づいた。そこで、加納が気づいた内容を知る必要があるが、その前に『公卿補任』とは何か、それも知らなくてはならない。
簡単にいうと、『公卿補任』とは歴代の朝廷における高官の職員録である。従三位《じゅさんみ》以上の公卿を記したもので、朝廷における官職を明らかにしている。記載されている人名は本《ほん》姓《せい》といわれており、藤原氏の場合は「藤原」ではなく、「藤」とだけ書かれている。人名の下には生没年や昇叙、任官などの履歴が付記されており、貴重な歴史資料となっている。この『公卿補任』の成立年代や編纂者は不明であるが、他の資料などから紀元十世紀の後半に成立したものと考えられる。ただ、平安時代前期の内容には不正確な部分もあり、実際の任官と異なる記述も存在している。こうした予備知識を基に、『竹取物語』における五人の求婚者を登場順に見ていきたい。

いしつくりの御こ（石作の御子）
くらもりの御こ（くらもちの御子）
右大臣あべのみあらじ（右大臣阿倍のみむらじ）
大納言おほとものみゆき（大納言大伴のみゆき）
中納言いその神のまろたふ（中納言石上の麻呂足）

これらの名前の表記に関して簡単に説明をしておくと、最初に私が使用している「古本系」の名前を挙げている。その下の括弧内に「流布本系」の名前を示している。登場人物の名前でさえ、写本によってこれだけの違いがある。この五人を加納は実在する人物として、次のように推定した。

いしつくりの御こ　＝　多治比真人嶋《たじひのまひとしま》
くらもりの御こ　＝　藤原朝臣不比等《ふじわらのあそみふひと》
右大臣あべのみあらじ　＝　阿倍朝臣御主人《あべのあそみみうし》
大納言おほとものみゆき　＝　大伴宿禰御行《おおとものすくねみゆき》
中納言いその神のまろたふ　＝　石上朝臣麻呂《いそのかみのあそみまろ》

これらの人物がどのような人たちなのか、それを知ることは極めて重要である。だが、その前にこの時代の人名表記に関して、簡単に説明を加えておきたい。

古代においては、名前の初めに「氏《うじ》」が記される。「氏」とは、血縁上あるいは系譜上で同じ祖先を持つ同族の集団名である。よく知られているものとしては、蘇我《そが》、物部《もののべ》、大伴《おおとも》、日下部《くさかべ》などが挙げられる。

この「氏」に次いで表記されるのが、「姓《かばね》」と呼ばれる称号である。かつては、臣《おみ》、連《むらじ》、造《みやつこ》、直《あたい》、首《おびと》など、三十以上の「姓」が存在していた。それを西暦六八四年、天武天皇が「八色《やくさ》の姓《かばね》」を定め、縮小・再編成した。

この「姓」のあとにつけられるのが「諱《いみな》」である。これが現在でいうところの本名の部分である。この「諱」は「忌み名」に繋がり、長いことそれを口にするのは失礼にあたるとされてきた。そこで、相手を呼ぶ時には、「姓」が用いられていたようである。また、簡単に「諱」を口にできないため、それに代わって「字《あざな》」と呼ばれる、一種のあだ名も使用されていた。

これらを知ったうえで登場人物の名前を見ると、たとえば「多治比真人嶋」の場合は「多治比」が「氏」である。「真人」が「姓」で、「嶋」が「諱」となる。こうした理解を踏まえ、加納がどのようにして五人を推定したのか、それを見ていこうと思う。

最初は「いしつくりの御こ（石作の御子）」である。彼は「みこ」と書かれていることから、「皇子」のことであり、皇統に繋がる人物である。加納はこの人物を「左大臣多治比真人嶋」（西暦六二四年～七〇一年）と推定した。

多治比真人嶋は第二十八代・宣化《せんか》天皇の四世孫（玄孫《やしゃご》）で、当時の身分制度（八色の姓）の最高位である「真人《まひと》」の姓を与えられていた。「諱」の「嶋」は「志摩」、あるいは「志麻」と号していたといわれている。

その多治比がなぜ「いしつくりの御こ」になるのだろうか。それは「いしつくりの御こ」が「石作皇子《いしづくりのみこ》」のことであり、多治比の一族に「石作氏」がいることを加納は根拠に挙げている。しかし、多治比は、第三十九代・天智天皇や第四十代・天武天皇の直系でないため、「皇子」という称号に疑問を持つ研究者も多い。私もそこの部分に関しては疑念を持っているが、今のところ、その疑念を完全に晴らすだけの決定的な確証を見つけていない。ただ、多治比氏の系譜を見ると、第二十六代・継体《けいたい》天皇の孫である上殖葉皇子《かみつうえはのみこ》の子孫が多治比古王《たじひこおう》であり、その子供が臣籍降下して多治比氏の始祖になったとされている。私は継体天皇が日本王朝（天智・天武王朝）の前にあった王朝（シュメール王朝）の帝《すめらみこと》と考えており、そのことから継体天皇の子孫は「帝子《みこ》」と呼ばれていたのではないかと推測している。

また、『播磨風土記』によれば、多治比氏の一族である石作氏は陵墓用の石棺造りに深く関わっており、仏塔や石仏像を造っていたといわれている。「かぐや姫」が「いしつくりの御こ」に「仏の御石《みいし》の鉢」を求めていることから、「いしつくりの御こ」が多治比真人嶋であると推定される。


次に登場するのが「くらもりの御こ（くらもちの御子）」である。

加納はこれを「藤原朝臣不比等《ふじわらのあそみふひと》」（西暦六五九年〜七二〇年）であると推定した。

その理由として、加納は不比等の母である「車持与志古娘《くるまもちのよしこのいらつめ》」の名を挙げている。彼女は妊娠中に、天智天皇から不比等の父である「藤原鎌足《ふじわらのかまたり》」に下げ渡された女性といわれている。加納はその母の「車持」から名前をとって、車持皇子《くらもちのみこ》になったとしている。

ところが、加納による人物推定のなかで、最も否定されているのがこの車持皇子である。多くの研究者たちは、不比の実像と車持皇子の姿が似ていないため違うと主張している。だが、不比等の実像とは何か。何をもってその実像が真実というのか。それらが曖昧で、信用できない。

私は『竹取物語』に出てくる極めて卑怯な車持皇子の姿こそ、不比等のほんとうの姿だいないと思っている。前著で私は、不比等は中臣鎌足《なかとみのかまたり》の二男ではなく、天智天皇の落胤《らくいん》でもないこと、そして、ほんとうは天武天皇の隠し子であることを述べた。私の説では、不比等は藤原氏を乗っ取った極悪人である。おそらく、そのことは当時の貴族の間で広く知られていたに違いない。

私が興味深いと感じているのが、あとの三人と比べて、名前が実在の人物と異なっている「いしつくりの御こ」と「くらもりの御こ」が物語の最初に登場している点である。しかも、二人とも極めて身分の高い皇子《みこ》となっている。これはおそらく、本名に近い名前や官位をそのまま書きにくい理由があったからに違いない。その理由として最も考えられるのが、弾圧を恐れたのではないだろうか。あまりにも高位の皇子を批判的に書けば焚書になる可能性があったに違いない。それを避けるために親族の名前を使用したのかも知れない。『竹取物語』の作者は、まずこの権力の中枢にいた二人の人物を安全に処理したのちに、緊張から解放されてゆっくりとほかの貴族に触れていったのではないだろうか。

物語で三番目に登場するのが「右大臣あべのみあらじ」である。加納はこれを「阿倍朝臣御主人《あべのあそみみうし》」（西暦六三五年〜七〇三年）であると推定した。御主人は「み・あるじ」

と読めることから、「古本系」の「み・あらじ」あるいは「流布本系」の「み・むらじ」になったのではないだろうか。御主人は「壬申の乱」で大海人皇子方として活躍し、西暦七〇一年に従二位に昇り右大臣になったとされている。

近年、御主人に関して興味深い出来事が話題となった。それは、西暦一九八三年（昭和五八年）に奈良県高市郡明日香村で極彩色壁画が発見された「キトラ古墳」との関係である。この「キトラ古墳」は「高松塚古墳」に次ぐ、日本で二例目の壁画古墳で、四神・十二支・天文図・日月の壁画がすべて残っている貴重な古墳でもある。それがなぜ、阿倍御主人と関係するのかというと、「キトラ古墳」が所在している一帯が「阿部山」という地域であったことによる。古代においては「氏名」が地域の名前と深く関連しており、そこから判断して、埋葬者が阿倍御主人ではないかと騒がれることとなった。真相は明らかになっていないが、御主人はそれほどの権力者であったといえるだろう。

四人目に登場するのが「大納言おほとものみゆき」である。加納は彼を「大納言大伴《おおともの》宿禰御行《すくねみゆき》」（西暦六四六年〜七〇一年）と推定した。御行もまた「壬申の乱」の功臣であり、西暦七〇一年の一月五日に大納言に任命され、一月十五日に亡くなったとされている。

『万葉集』に御行が「壬申の乱」の後に詠った短歌が残されていた。

皇者　神爾之座者　赤駒之　腹婆布田為平　京師跡奈之都（巻十九・四二六〇）

大君は　神にしませば　赤駒の　腹這ふ田居を　都と成しつ

この歌の意味は、「大君は神でいらっしゃるので、赤駒（栗毛の農耕馬）が腹まで泥に浸かるような田畑さえ、都としてしまわれた」ということだろう。この上の句で用いられている「大君は　神にしませば」（柿本人麻呂は「皇者　神二四座者」と用いている）という言葉で始まる短歌は、『万葉集』のなかに全部で六首ある。いずれも、天武天皇とその皇子にだけ使われた言葉となっている点が注目される。

最後の五番目に登場するのが「中納言いその神のまろたふ」である。加納はこれを「大納言石上朝臣麻呂《いそのかみのあそみまろ》」（西暦六四〇年〜七一七年）と推定した。「まろたふ」の「たふ」は「足」のことであり、尊称である。

麻呂はある意味で数奇な人生を送った人物といえるだろう。「壬申の乱」では「大友皇子」側につき、皇子が自殺するまで臣下として従った。のちに赦されて法官となり、西暦七〇一年に大納言になった。その後、左大臣にまで昇進している。

こうして、加納は『竹取物語』に登場する五人の求婚者の名前を推定した。先程も触れたが、五人のうち最初の二人は親族筋の名前となっているが、残りの三人はほぼ実名と同じである。問題は、それが正しいのかという点である。もし、それが間違いならば、多くの定説の解釈が大きく変わることになる。私は内心、加納の説が正しいと考えている。私にそう思わせているのが、西暦六九六年十月十七日以降の『日本書紀』の記述である。そこには、次のように記されている。

庚寅、假賜正廣參位右大臣丹比眞人、資人百廿人。正廣肆大納言阿倍朝臣御主人・大伴宿禰御行、並八十人。直廣壹石上朝臣麻呂・直廣貳藤原朝臣不比等、並五十人。

記述内容をわかりやすくするため、この原文を改行して訳してみたい。

十月二十二日、仮に正広参位の右大臣の丹比真人に資人《つかいびと》百二十人を与えた。
正広肆の大納言の阿倍朝臣御主人《あべのあそみみうし》と、

大伴宿禰御行《おおとものすくねみゆき》には同じく八十人を与えた。
直広壱の石上朝臣麻呂《いそのかみのあそみまろ》と、
直広弐の藤原朝臣不比等《ふじわらのあそみふひと》には同じく五十人を与えた。

これらは西暦六九六年に持統天皇が、五人の人物に対して行った褒賞の内容である。「資人」とは「しじん」とも呼ばれ、下級役人のことである。それを与えられ、褒賞された五人の名前を見てほしい。

丹比真人
阿倍朝臣御主人
大伴宿禰御行
石上朝臣麻呂
藤原朝臣不比等

なんと、この五人は加納が『竹取物語』の登場人物として推定した五人と同人物である。

人数も名前も一致している。こんな偶然はあるのだろうか。

私は『竹取物語』における五人の求婚者の扱われ方とこの褒賞結果を比較検討した場合、『日本書紀』の記載が五人の勝利宣言のように思えてならない。五人が、私たちは「かぐや姫」に手厳しく糾弾《きゅうだん》されたが、結局、最後は持統天皇に褒められて、褒賞されることになった。そう嘯《うそぶ》いているように思える。

加納の人名説に対しては当然のことながら、疑問を呈する研究者もいる。なかでも、「くらもりの御こ」が不比等であるという説に強く反対する人たちが多い。

彼らは、藤原氏が不比等以降、日本の権力を掌握して藤原氏批判の書籍を数多く焚書してきたこと、それを理由に挙げている。そうした状況下で、不比等を笑いものにした『竹取物語』が生き残ることなどできない。そのため、「くらもりの御こ」が不比等ではないと主張している。

また、逆に『竹取物語』は不比等だけでなく、藤原氏全体を非難した物語であると主張する説も多い。しかし、これらの主張はあまりにも、藤原不比等や藤原氏に固執しすぎており、少しばかり近視眼的になっているように思える。

物語をよく読んでほしい。『竹取物語』では藤原氏を含め、五人の貴族（即ち、五氏族）

を批判している。程度の差はあるが、紛れもなく五氏族全体を非難しているのだ。そのなかには、当時の最高権力者であったのちの左大臣多治比真人嶋や、不比等と並んで権力の中枢にいたのちの左大臣石上朝臣麻呂もいた。

なぜ、これら多くの最高権力たちを激しく糾弾した『竹取物語』が、今日まで生き残ることができたのだろうか。そこにこそ、謎を解く鍵が眠っているような気がする。

官職を巡る新たな謎

加納は『竹取物語』の謎解明に大きな灯《あか》りをともしてくれた。私はそう思っている。しかし、同時に新たな謎も生み出していた。それが、官職を巡る謎である。そのことを見ていこうと思う。改めて『竹取物語』に登場した五人の貴族を見てほしい。

いしつくりの御こ
くらもりの御こ

右大臣あべのみあらじ
大納言おほとものみゆき
中納言いその神のまろたふ

この登場順を見ると、五人の求婚者が身分（官職）順に登場してきているように思える。ただ、なぜか「いしつくりの御こ」と「くらもりの御こ」の二人の官職は記されていない。二人が皇子《みこ》という皇族であるからだろうか。

明らかに『竹取物語』の作者は、皇族と貴族との間には大きな身分差があることを意識している。ひょっとしたら作者は皇族に連なる人物なのかも知れない。「自分たち皇族は同じ臣下でも、貴族（氏族）よりも上である」といっているように思えてならない。では、同じ皇族の「いしつくりの御こ」と「くらもりの御こ」は、何を基準にして登場順を決めたのだろうか。

そこで、この五人の求婚者がいつの時代の官職で分けられているのか、それを調べてみようと思った。それに先立ち、五人の求婚者の名前を加納が推定した人物名に直す必要がある。架空の人物では官職を調べることができないためである。前述したように、加納説では五人の名前が次のように推定されている。

多治比真人嶋
藤原朝臣不比等
右大臣阿倍朝臣御主人
大納言大伴宿禰御行
中納言石上朝臣麻呂

この五人の官職の推移を、時系列で整理してみると次のようになる。

多治比真人嶋
西暦六九〇年、右大臣になる。
西暦六九七年、左大臣になる。
西暦七〇一年八月二十九日、薨去《こうきょ》する。

藤原朝臣不比等
西暦七〇一年三月二十一日、大納言になる。
西暦七〇八年三月十三日、右大臣になる。
西暦七二〇年八月三日、薨去する。

右大臣阿倍朝臣御主人
西暦七〇一年一月五日、中納言になる。
西暦七〇一年三月二十一日、右大臣になる。
西暦七〇三年四月一日、薨去する。

大納言大伴宿禰御行
西暦七〇一年一月五日、大納言になる。
西暦七〇一年一月十五日、薨去する。（薨去後、右大臣が贈られる）

中納言石上朝臣麻呂

料金受取人払郵便

新宿局承認

8477

差出有効期間
2020年12月
31日まで
(切手不要)

郵便はがき

1 6 0 - 8 7 9 1

141

東京都新宿区新宿1－10－1

(株)文芸社

愛読者カード係 行

お名前《ふりがな》		明治 大正 昭和 平成 年生 歳		
ご住所《ふりがな》	□□□-□□□□			性別 男・女
お電話番号	(書籍ご注文の際に必要です)	ご職業		
E-mail				
ご購読雑誌(複数可)		ご購読新聞 新聞		

最近読んでおもしろかった本や今後、とりあげてほしいテーマをお教えください。

ご自分の研究成果や経験、お考え等を出版してみたいというお気持ちはありますか。

ある　　ない　　内容・テーマ(　　　　　　　　　　　　)

現在完成した作品をお持ちですか。

ある　　ない　　ジャンル・原稿量(　　　　　　　　　　　　)

書　名			
お買上 書　店	都道　　　　　市区 府県　　　　　郡	書店名	書店
		ご購入日	年　　月　　日

本書をどこでお知りになりましたか?
1.書店店頭　2.知人にすすめられて　3.インターネット(サイト名　　　　)
4.DMハガキ　5.広告、記事を見て(新聞、雑誌名　　　　)

上の質問に関連して、ご購入の決め手となったのは?
1.タイトル　2.著者　3.内容　4.カバーデザイン　5.帯
その他ご自由にお書きください。
(　　　　　　　　　　　　　　　　　　　　　　　　)

本書についてのご意見、ご感想をお聞かせください。
①内容について

②カバー、タイトル、帯について

弊社Webサイトからもご意見、ご感想をお寄せいただけます。

ご協力ありがとうございました。
※お寄せいただいたご意見、ご感想は新聞広告等で匿名にて使わせていただくことがあります。
※お客様の個人情報は、小社からの連絡のみに使用します。社外に提供することは一切ありません。

西暦七〇一年三月十九日、中納言になる。
西暦七〇一年三月二十一日、大納言になる。
西暦七〇四年三月二十一日、右大臣になる
西暦七〇八年三月十三日、左大臣になる。
西暦七一七年三月三日、薨去する。

この推移からわかったのが、『竹取物語』の登場人物の官職が西暦七〇一年のものを使用している点である。特に、大納言大伴宿禰御行は　西暦七〇一年一月十五日に薨去しており、その後「右大臣」が贈られ、翌年から「右大臣」と呼ばれていたという。このことは、『竹取物語』が西暦七〇一年頃に創られたことを物語っているのではないのだろうか。

この官職の推移に関しては、もう一つ不可解な点が指摘できる。それが中納言石上朝臣麻呂の官職である。石上朝臣麻呂は『竹取物語』では「中納言」と記されている。この「中納言」の表記が『公卿補任』に記された官職と矛盾《むじゅん》してしまうのである。それを見てみよう。

西暦七〇一年三月二十一日、阿倍朝臣御主人が「右大臣」になる。その同じ時、大伴宿禰御行はすでに「大納言」になっていて、『竹取物語』で使われている官職とは矛盾していない。ところが、石上朝臣麻呂は同じ三月二十一日に「大納言」に昇進している。石上朝臣麻呂が「中納言」であった期間は、三月十九日から三月二十一日までのわずか三日間弱なのである。なぜ、そんな短い期間の官職が『竹取物語』では使われたのだろうか。

もし、『竹取物語』が西暦七〇一年以降に創られたのであれば、西暦七〇一年一月十五日に薨去した大伴宿禰御行は「右大臣」と記され、石上朝臣麻呂は「大納言」、あるいは「右大臣」か「左大臣」と記されなければならない。それなのに、『竹取物語』では「大伴宿禰御行」は「大納言」で、「石上朝臣麻呂」は「中納言」となっている。ということは、『竹取物語』は西暦七〇一年頃（紀元八世紀初頭）に創られた可能性が極めて高い。物語が「紀元九世紀から十世紀にかけて創られた」という定説は否定されることになるだろう。

ただ、一ついえることは、『竹取物語』の作者は石上朝臣麻呂のことを、絶対に「大納言」以上の官職で呼びたくなかったのだと思われる。作者は石上朝臣麻呂に対して、非常に複雑な感情を抱いているように感じられる。その感情の原因を発見できれば、『竹取物語』の作者を推定できるのではないだろうか。

第五章　謎解きの始まり

物語の核ともいえる求婚拒絶

私は初めて『竹取物語』の「写本」を読んだ時、作品全体を覆う死の香りに驚かされた。この物語は、こんなにも辛く悲しい話だったのかと思った。同時に、物語全体にちりばめられた様々な比喩《ひゆ》や暗喩《あんゆ》の多さ、そして漢文や伝承などの知識の豊富さに感嘆した。この物語の謎を解明するためには、その作者に負けないくらいの文学的知識を持たないと、真実にたどり着けないだろう。

たとえば、登場人物の名前一つを取り上げても、そこに容易ならざる秘密が籠《こ》められている。熟語や文法、品詞に至るまで、緻密な計算に基づく用法が存在していた。その結果、『竹取物語』は素直に読んでいっても非常に完成度の高い文学作品であるが、同時に複雑な裏のストーリーを持つ文学作品となった。私たちはこのことをしっかりと認識しておく必要があるだろう。こうしたことを念頭に置き、謎解きを始めてみよう。

まず、解明しなければならないのが、物語のなかに「求婚拒絶」が書かれている意味である。具体的には、物語の約六割強を占めている五人の貴族と御門《みかど》による求婚の部分である。これが意味もない話であれば、作者はこんなにも多くの量を割《さ》かなかったに違いない。

なぜなのだろうか。答えは簡単である。それは、『竹取物語』に登場してくる「求婚拒絶」の話が事実に近いからである。「かぐや姫」は五人の貴族（氏族）から無理矢理に求婚され、それを徹底的に断り続けてきた。そのほんとうの記録だから、「求婚拒絶」が中心の物語となっているのである。

私は、『竹取物語』の謎の解明を進めていくうちに、ある思いに強く囚《とら》われるようになっていた。それは、物語が実話に基づいて書かれたものではないのか——そういう思いである。

物語を注意深く読んでみると、「かぐや姫」が拒否した心の有様が、相手によってそれぞれ異なっていることに気づく。五人の貴族に対する「かぐや姫」の対応はかなり違っており、その違いが物語の現実性を象徴している。虚構では書けない現実的な心の葛藤《かっとう》が記されている、といってもいいだろう。その現実的な葛藤をこれから明らかにしてみよう。

最初に作者は物語のなかで、五人の貴族をまとめて次のように評している。


なほいひけるは、色ごのみといはるるかぎり五人

物語では、この五人を世間で「色好みといわれている人」としている。現在でこそ「色好み」は負の印象が強いが、古代では恋愛に関する情感豊かな人である、というよい印象の方が強いといわれている。だが、ほんとうにそうなのだろうか。

物語の「なほいひける」という表現には、「もういい加減にしてほしい」という嫌悪の気持ちが強く隠されている。現在でも、古代でも「色ごのみ」という言葉には、非難の思いが息づいている。それを意図的にすり替えてはいけない。男目線で決めつけてはいけないだろう。その色好み五人を、物語に登場する順に見てみよう。

最初は「いしつくりの御こ」こと多治比真人嶋である。この人物のわかっている経歴を簡単に触れておこう。

西暦六二四年生まれで、宣化天皇の玄孫（四世孫）にあたる。八色の姓制度によって、

最高位の「真人《まひと》」の姓を賜与《しよ》された。「壬申の乱」の時は四十八歳であったが、文官であったため、それほど大きな武功はあげていないと思われる。

天武天皇の崩御後、右大臣に昇進し、さらに、七十三歳の時に左大臣になる。西暦七〇一年、七十七歳で薨御《こうぎょ》した。この時代にあって、長寿だったといえる。

一説では、宮廷歌人であった「柿本人麻呂《かきのもとのひとまろ》」の庇護者《ひごしゃ》だったといわれている。わかっているだけで三人の妻がいて、そのほかにも多数の女性との間で子供を生んでいる。『竹取物語』では「かぐや姫」から「仏の御石《みいし》の鉢」を要求される。「仏の御石の鉢」とは、釈迦が解脱した時に四天王（持国天、増長天、広目天、多聞天）が現れて四つの鉢を献上した。それを釈迦が重ね押して、一つの鉢に造り直したものである。黒っぽい色をしており、絶えず光を放っているといわれている鉢で、天竺《てんじく》（インド）にあるとされていた。

多治比はそれを天竺まで取りに行くといったが実際には行かず、三年後に大和の国の山寺で見つけた鉢を持参した。しかし、偽物とすぐに見破られ、大きな恥をかくことになる。この話が何を象徴しているのか、非常に難しくて正確にはわからない。ただ、深読みすると、次のようなことがいえるのではないだろうか。

四天王は仏教を守護する神々である。そこから転じて、仏教を奉じる国家を守護する神々となっている。多治比は長老として、王朝の守護者を自任していたと思われる。物語のなかで多治比は「心のしたくある人にて」といわれている。平易にいえば「知恵や知謀のある人」ということになる。おそらくそれが、当時の多治比に対する一般的な評価であったに違いない。その人物が持ってきた鉢を、「かぐや姫」は「光やあると、とばかりみるに、ほたるばかりのひかりだになし」といって批判する。これは、鉢を通じて多治比を嘘つきだと非難し、国を護るほんの少しの光（才能）もないではないか、とやりこめたのである。「かぐや姫」が多治比を痛烈に批判していることがよくわかる。

多治比の次に登場するのが、「くらもりの御こ」こと、「藤原朝臣不比等」である。登場人物のなかでは最も若い貴族であった。その簡単な経歴は次の通りである。

不比等は西暦六五九年生まれといわれている。従って「壬申の乱」の時は、まだ十三歳と若く、何も功績がなかったと考えられる。初めて『日本書紀』にその名が登場したのが西暦六八九年、不比等が三十歳の時である。この時、判事に登用されていることから、律令関係の官僚であったと考えられる。

西暦六九七年、第四十二代・文武《もんむ》天皇の即位に功績があったことを契機に出世が始まり、藤原氏繁栄の基礎を固めた。西暦七二〇年、六十一歳で没している。

物語では、不比等は初めから「心たばかりある人にて」として警戒されていた。「心たばかりある人」とは「謀略に長じた人」ということである。その証拠に、「かぐや姫」から「蓬莱の玉の枝」を求められた不比等は、極めて精巧な贋物を造り、「かぐや姫」を追い詰めることになる。そのことを物語では次のように記している。

これを、かぐや姫きき給て、我はこのみこにまけぬべし、とむねつぶれておもひをり。

これを訳すと次のようになる。

くらもりの御こが蓬莱の玉の枝を持って帰って来たと噂を聞いた「かぐや姫」は、「私はこの皇子に負けてしまうに違いない」と胸がつぶれるような思いでいた。

私はこれを読んで、「かぐや姫」が不比等のことを激しく嫌っていると強く感じた。胸がつぶれるような気持ちになるほど嫌だったのである。しかし、不比等が「蓬莱の玉の枝」を造った職人たちに給金を払っていなかったことから、職人たちが直接「かぐや姫」

の所へもらいに来て、不比等の嘘がばれてしまう。危機一髪のところで「かぐや姫」は救われたといえるだろう。
この話は何を暗示しているのか。それは、不比等が「かぐや姫」の身分を凌《しの》ぐ権力者であったことを暗喩している。そのため、「かぐや姫」は最初から受け身に回るしかなく、厳しく抵抗できなかった。このことから判断して、「くらもりの御こ」が天皇の落胤といわれた不比等であることに間違いないだろう。さらに、物語では「くらもりの御こ」が卑怯な嘘つきだけでなく、傲慢《ごうまん》で冷血な人であることも強調している。それが、次の部分である。

みちにて、くらもりのみこ、ちのながるるまで、ととのへをさせ給。

給金をもらいに来た職人を「くらもりの御こ」が「血が流れるまで懲《こ》らしめた」と書かれている。残虐非道といわざるを得ない。おそらく、不比等のこうした人間性を「かぐや姫」は特に嫌っていたと思われる。
三人目の登場人物が「右大臣あべのみあらじ」こと「阿倍朝臣御主人」である。西暦六三五年生まれで、「壬申の乱」の時は三十七歳であった。乱で大きな功績があったと伝わっているが、その詳しい内容は不明である。晩年は右大臣になり、権力の中枢にいた。阿倍氏陰陽の先祖ともいわれており、著名な陰陽師《おんみょうじ》「安倍晴明《あべのせいめい》」の祖先とされている。御主人は西暦七〇三年、六十八歳で薨御した。

物語では、御主人は絶対に燃えることがない「火鼠の皮衣」を求められ、愚かにも金で買おうとする。そこで、御主人は高い金を出して、唐の商人から「火鼠の皮衣」を購入したが、燃えぬはずの「火鼠の皮衣」が燃えてしまう。おそらくこれは、御主人が金の力で「かぐや姫」を手に入れようとしたが、駄目だったことを比喩していると考えられる。

実は、私はこの話で別の部分に注目をしている。それは、御主人が「火鼠の皮衣」を手に入れようとして、「もろこしぶねの王けい」という人のもとへ「小野の草もり」という人を遣わしたという部分である。「もろこしぶね」とは「唐土船」のことであり、唐から来た船ということになる。これは、遣唐使《けんとうし》の記録ではないのだろうか。遣唐使は『日本書紀』によれば、西暦六〇七年に「小野妹子《おののいもこ》」を大唐へ派遣したとされている（この出来事には矛盾点が多いが、それは前著を見てほしい）。とすれば、「小野の草もり」とは「小野妹子」のことではないのだろうか。さらに、私は西暦七一七年に派遣されたといわれている

「第九回の遣唐使」に関して、大きな疑念を持っている。それは、その使節団の構成員にある。たとえば、押使《おうし》（大使の上席）が「多治比縣守《たじひのあがたもり》」（多治比真人嶋の子供）で、大使が「大伴山守《おおとものやまもり》」（大伴宿禰御行の弟）、副使が「藤原馬養《ふじわらのうまかい》」（藤原朝臣不比等の三男）となっている。これらの人たちは、みんな五人貴族（氏族）の子孫である。

また、唐に残った人たちを見てみると、「阿倍仲麻呂」「吉備真備」「玄昉」などである。「阿倍仲麻呂」の先祖は「阿倍朝臣御主人」であるし、「吉備真備」と「玄昉」は『竹取物語』の作者と噂されている人物である。これらのことは決して偶然では片付けられない。「第九回の遣唐使」に関連する人物が、すべて『竹取物語』と関係しているのである。ここには何か新たな謎があるような気がしてならない。しかし、その解明はこの幻想史の本筋ではないので、いずれまた別の機会に行いたいと思う。

話を戻そう。

紫式部は御主人をひどく嫌っていた。詳しい資料がないため、正確な理由を知ることができないが、すべてを金の力で解決しようとする人物であったことを嫌っていたのかも知れない。あるいは、彼が陰陽師の祖先であることが影響しているのかも知れない。

物語に登場する四人目の人物が「大納言おほとものみゆき」こと、「大伴宿禰御行」でである。西暦六四六年生まれで、「壬申の乱」の時は二十六歳の青年将校であった。

大伴氏はもともと軍事を専門とする豪族で、「壬申の乱」では御行の叔父である「大伴馬来田《おおとものまくた》」とその弟の「大伴吹負《おおとものふけい》」が大きな功績を挙げた。おそらく御行は、この二人の下で指揮官として戦ったと思われる。

西暦六七五年、天武天皇によって、御行は「兵政官大輔《ひょうせいかんたいふ》」に任命された。「兵政官」とは軍政担当の官庁のことであり、「大輔」は次官のことだと考えられる。その後、順調に昇進し、大納言となる。西暦七〇一年、五十五歳で没した。

物語では、「かぐや姫」から「竜の首の珠」を求められる。御行は家臣を集め、「竜の首の珠」を取ってくるように命じた。それに対して家臣たちは適当に応え、「竜の首の珠」を取ってこようとはしなかった。これはある意味、あってはならない話である。軍隊において、上官の命令は絶対である。たとえ、どんなに理不尽な要求であっても、部下はそれに応えなければならない。それなのに、最強を自負している大伴の軍勢は命令に背《そむ》いて動こうとはしない。この段階で、作者は「大伴の軍隊の規律はそんな程度なのですか」と批判している。部下たちが動かないため、御行は自ら海に出て、「竜の首の珠」を取ってこようとする。その時、御行は次のようにいっている。

わが弓のちからは、つよきを、龍あらば、ふといころして、首の玉はとりてむ。

御行は、「私の弓の力は強い、龍がいればすぐに射殺して、その首の玉を取ってこよう」と自信満々で海に漕ぎ出した。ところが、海が荒れだし、それが龍の怒りだと船頭からいわれた御行は、龍を恐れて命乞いをする。

かぢとりの御神きこしめせ。心をさなく、たつをころさむとおもひけり。いまよりのちは、毛の末一すぢをだに、うごかしたてまつらじ。

御行は「船頭が祀っている神様、お聞きください。愚かなことに龍を殺そうと思ってしまいました。今後は龍の毛一本さえ動かしはいたしません」と泣きながらお願いしている。武官にとって、これほど恥さらしのことはないだろう。この話は大伴氏全体の軍事力を嘲笑しているのである。作者は徹底的に大伴氏の軍事力や御行個人を皮肉っている。そこには激しい恨みが息づいているようにさえ思える。

最後の五人目が「中納言いその神のまろたふ」こと、「石上朝臣麻呂」である。西暦六四〇年生まれで、「壬申の乱」の時は三十二歳であった。麻呂だけは、ほかの四人と異なった経歴の持ち主で、「壬申の乱」で敗北した側の「大友皇子」の家臣であった。

石上朝臣の元々の氏姓は「物部連《もののべむらじ》」であり、「物部連麻呂」といった。大友皇子が敗北して自決するまで、大友皇子の側でつき添っていた忠臣といわれている。敗者であるが、その忠義が天武天皇に評価され、遣新羅大使《けんしらぎたいし》となった。その後、法官となり、氏名を「石上」に改めた。西暦七一七年、七十七歳で薨御した。

石上は「かぐや姫」から「燕の子安貝」を一つ取ってきてほしいといわれる。そこで、石上は自ら小屋の屋根に登って、「燕の子安貝」らしきものを掴んだが、屋根から転落して腰を打ってしまう。また、掴んだはずの「燕の子安貝」は燕の糞《ふん》で、石上は激しく落胆して病床についてしまう。その話を聞いた「かぐや姫」は見舞いの歌を贈り、石上はそれに返歌したあと息絶えてしまう。そのことを「かぐや姫」は「すこしあはれ」と思うのである。

石上に対する「かぐや姫」の態度は明らかにほかの四人とは違っている。「かぐや姫」の心のなかには、石上が可哀相という思いが見え隠れしている。なぜなのだろうか。なぜ、石上だけは「かぐや姫」から同情されたのだろうか。私はここに謎を解く重要な鍵が潜んでいると考えている。それを明らかにするため、「かぐや姫」が石上に贈った歌を見てみたい。

としをへて　なみのたちよらぬ　すみよしの　まつかひなしと　きくはまことか

この歌は、「歳月が経ったが、住吉の松に波が近寄らないように石上を待っていても貝がないと聞きました。ほんとうですか」という意味で訳されている。それが一般的な解釈である。「松」と「待つ」、甲斐性なしの「甲斐」と「貝」などが掛けられた秀逸な歌とされている。こうした判断は、事前に石上が「燕の子安貝」を求められていたからである。端的にいえば、予《あらかじ》め先入観をすり込まれていたからといえる。では、それなしにこの歌を読んだ場合、その意味はどのようになるのだろうか。

年が経ても、波が打ち寄せない住吉の松のようにあなたを待っても甲斐がないと聞きます。ほんとうですか。

こうなるのではないだろうか。私には「かぐや姫」が石上に対して、「よい報告がくるのを何年も待っていますが、それは無駄だと聞きます。ほんとうでしょうか」と問いただしているように思えてならない。「かぐや姫」のこの問いに、石上は返歌で次のように答えている。

かひはなく　ありける物を　わびはてて　しぬるいのちを　すくひやはせぬ

この返歌も「燕の子安貝」という先入観を除いて見ると次のように読める。

よい報告の甲斐もなく、ただいるだけの私の、絶望して死んでいく命は誰にも救われません。

そして、このことを「かぐや姫」は「すこし可哀相」と思ったのであった。つまり、「壬申の乱」で大友皇子の側で共に戦ってきた「物部麻呂」に対して、「かぐや姫」は「戦いに勝ったというよい知らせを待っていましたが、何年経ってもその知らせはきませんでした」と嘆息した。それに対して「物部麻呂」は、「よい報告ができず、ただ今の政権に仕えている私の心は、絶望して死んでいくだけです。救われはしません」と答えた。それを聞いた「かぐや姫」は「あなたはあなたなりに苦労しているのですね」と感じ、すこし哀れに思ったのである。

そして、注目すべきは、五人の貴族のなかで、この石上だけが亡くなってしまうのである。「かぐや姫」がひどく嫌っていた貴族は生きているのに、哀れに感じた石上が死んでしまう。作者はどうしてそのように書いたのだろうか。

おそらく、「かぐや姫」は石上のことを哀れに思っていたが、「物語」の作者は憎く思っていたのだと考えられる。やはり、石上には大きな謎が隠されているといえるだろう。

ここまで見てきて、あることに気づく。それは、『竹取物語』が「壬申の乱」の後で起こった出来事を書き綴《つづ》った、「後日談作品」であることだ。それも、敗者側（大友皇子側）の視点から書き残したものである。だから、「壬申の乱」で功績があり、新政権の知恵者を標榜している「多治比真人嶋」に対しては、「ただの好色爺で、ほんの少しも光る才能がないくせに」と批判した。

また、「壬申の乱」でそれほど大きな功績などなかった「藤原朝臣不比等」に対しては、

「若造のくせに親（天皇）の力を借りて、理不尽なことばかりをする卑怯者」と切り捨てた。

三人目の「阿倍朝臣御主人」は、「何でもかんでも、金の力で押し通そうとする下品な男」だと拒絶している。

さらに、「壬申の乱」で実際の軍隊を指揮していた「大伴宿禰御行」に対しては、「大伴の軍隊なんか、ほんとうはそれほど強くなく、ただのうぬぼれ屋の集合体」だと断じた。

そして、最後まで大友皇子に仕えた「石上朝臣麻呂」に対しては、「壬申の乱」に勝利したという知らせを待っていたが、何年経ってもそれが叶わなかったと嘆いた。またそれだけではなく、敵である勝者側に再び仕えたことを、死者同然の生き方であると切り捨てた。

ここまで書いてきて、それは変だという反論の声も聞こえる。もし、五人の貴族（氏族）が「壬申の乱」における天武側の功臣であれば、それをここまで悪《あ》し様《ざま》に書いた作品が残るはずがない。そういう声である。特に、藤原朝臣不比等は当時の大権力者であり、その後の藤原氏繁栄の礎《いしずえ》を築いた人物である。それを激しく非難した物語が後世に残るはずがない。こうした意見は極めて多い。

私は逆に、多くの権力者たちを激しく非難していながらも、今日まで残ったことが『竹取物語』の謎を解く最大の鍵だと思っている。なぜ、後世にまで残れたのか。その秘密を明らかにしていきたい。

御門《みかど》に関する不可解な謎

私は幾度となく『竹取物語』を読み返してみたが、ある疑問が解けずにいた。それが「御門」に関しての疑問であった。その疑問は二つある。

一つ目は、物語に出てくる御門とは誰のことなのか、という疑問。

二つ目は、御門がほんとうに「かぐや姫」に求婚したのか、という疑問。

これらの疑問を解く必要があるだろう。

最初に、物語に登場する「御門」は誰か、という疑問である。「御門」というからには歴代の天皇の誰かに違いない。ところが驚くことに、この「御門」は誰かということに関して、主張が極めて少ない。おそらく「第四十二代・文武天皇」ではないか、という説くらいしか、検討するものがないといってもいいだろう。

その背景には、五人の貴族がいずれも文武天皇時代の重臣であるため、それが影響を及ぼしていると考えられる。また、文武天皇は西暦七〇七年に二十四歳という若さで崩御している。これを、「かぐや姫」が遺《のこ》した「不死の薬」を飲まなかったことと関連づけている説も見られる。しかし、私は物語に登場する「御門」とは、「天武天皇」であると思っている。なぜなら、この物語の成立には「壬申の乱」が非常に大きな影響を及ぼしているからだ。その「壬申の乱」を主導したのが天武天皇である。従って、物語に登場する「御門」は天武天皇以外にあり得ないと思っている。そして、このことは謎解きが進むに連れて、自然に明らかになってくるだろう。

次の問題が、果たして「御門」はほんとうに「かぐや姫」に求婚したのか、という疑問である。物語における「御門」の登場が五人貴族の求婚の後だから、「御門」も同様に求婚したと思われがちである。しかし、その判断には無意識に先入観が働いている。

知っての通り、『竹取物語』は人の先入観や潜在意識を巧みに利用した心理作品となっている。その見事さに思わず感嘆することが多い。私は、「御門」は「かぐや姫」に求婚していないと考えている。その証拠に「かぐや姫」は「御門」に対して、五人貴族のように「難題」を持ちかけてはいない。難題が存在していないのだから、「御門」の場合は、「求婚難題説話」でも、「求婚拒絶」でもない。即ち、『竹取物語』における「求婚拒絶」は、五人貴族で終わりなのである。では、「御門」はなぜ、物語に登場したのだろうか。それを知るために少し長くなるが、物語における「御門」と「かぐや姫」の関係を記した部分の粗筋を訳してみよう。

美しい「かぐや姫」の様子が御門に伝わり、御門は姫に会いたいと思う。そこで、使いとして内侍中臣房子を派遣する。

房子はなんとかして「かぐや姫」と会おうとするが、激しく拒絶される。「かぐや姫」は御門の勅命《ちょくめい》というのなら、殺されても構わないとまでいいきる。

その話を聞いた御門は会うことを思いとどまるが、それでも会いたくなり、翁に高位の官位を与えることを条件に、「かぐや姫」を出仕させようとする。

それに対して、「かぐや姫」は「御門が仰せられても、畏れ多いとは思いません」という。

しかし、御門は諦めきれず、狩りに行幸するふりをして会おうと考える。御門は狩りに行くふりをして、ふいに翁の屋敷を訪れる。そこで、清らかに輝く「かぐや姫」を見て、強引に連れ帰ろうとする。

その時、「かぐや姫」は突然、影となり、姿を消してしまう。「かぐや姫」を連れ帰ることを諦めた御門は、心をその場に残して帰ることになる。それでも「かぐや姫」を諦めれない御門は、思いを歌にして贈り、「かぐや姫」も返歌でその思いに応えた。

こうして、三年にわたり、御門と「かぐや姫」は文を交わすことになった。

これを男女の愛というのならば、そういう見方も可能である。だが、私にはこれが別の愛情表現に思われる。それはどのような愛情なのだろうか。私はそれが「親子」即ち、「父娘」の愛情に感じられてならない。それも、極めて強い「父の溺愛《できあい》」である。

たとえば、「御門」と「かぐや姫」とのやり取りを現代風に直してみると、次のような情景が眼に浮かぶ。

家出した娘、あるいは、しばらく連絡がつかなかった娘の存在を聞いた父親が、何とかして一度でいいから娘に会いたいと願う。ところが、娘は頑《がん》として父親と会おうとしない。

「無理に会おうとするならば死ぬ」と父親を脅し、さらに「いくら怒っても、父親なんか怖くない」とまでいう。この部分を原文で見てみよう。

御門の召してのたまはむこと、けしうかしこしともおもはず

ここで「かぐや姫」がいい放った「けしうかしこしともおもはず」とは、「それほど大それた畏れ多いことだとは思わない」という意味である。時の天皇に対してこれほどのことをいって許されるのは、実の娘しかいないだろう。

そこまでいわれても、父親はこっそりと娘に会いに行くが、逃げられてしまう。父親は「せめて手紙でいいから連絡を取り合ってほしい」といい、娘がしぶしぶそれを承諾する。そこに存在しているのは、男女の愛ではなく娘への溺愛である。先入観を持たずに物語を読めば、そう捉えることが可能なのである。私の考え方が正しければ、物語の解釈が従来の方向とは大きく異なってくるといえるだろう。この物語は「求婚拒絶」だけをテーマにしたものではなく、もっと生々しい世界を文章にしたように思える。「壬申の乱」の後に、いったい何が起こっていたのか。

そのことに思いを馳せた時、架空のお伽噺とされてきた『竹取物語』が現実の物語として、私の脳裏で鮮烈に蘇った。そのことをこれから書いていこうと思う。

第六章　月と竹の謎を解く

物語の謎を深めている比喩や暗喩

前章で触れたように、『竹取物語』には極めて多くの比喩や暗喩が巧みに配されている。そのなかでも重要な鍵となっているのが、「月」と「竹」である。なぜ、「かぐや姫」は「月」からやって来て、「月」へ帰っていったのだろうか。たとえ話であれば、「月」ではなく、太陽でも他の星でもよかったはずである。それなのにどうして「月」を用いたのだろうか。またなぜ、「かぐや姫」は「竹」のなかにいたのだろうか。桃や、瓜などの食物《しょくもつ》ではなく、「竹」だったのだろうか。

おそらく、作者にとって「月」や「竹」を選ぶ、大きな意味があったからだと考えられる。物語の真実にたどり着くためには、この「月」と「竹」の二つがどうして選ばれ、使用されたのかを解明しなければならないだろう。

月は何を象徴しているのか

人が「月」から降りてくる、あるいは「月」へ帰っていく。こうした考え方はいつ頃から生まれたのだろうか。そこから見ていく必要がある。それを調べてみると、驚くことに紀元前からその考え方が存在していた。その最も古いと思われるのが、中国神話の「姮娥《こうが》伝承」（嫦娥《じょうが》伝承ともいう）である。

この伝承は、紀元前一七九年から紀元前一二二年にかけて編纂された『淮南子《えなんじ》』という思想書の、「巻六・覧冥訓《らんみょうくん》」に収められている。その後、この伝承を基にして、多くの似通った神話が創られた。この「姮娥伝承」は非常に短い原文なので、それを見てみよう。

譬若羿請不死之薬於西王母、姮娥竊以奔月、悵然有喪、無以續之。何則、不知不死之薬所由生也。是故乞火不若取燧、寄汲不若鑿井。

簡単に解説を加えてみると次のようになる。

最初に書かれている「(譬若) 羿請不死之薬於西王母」は、「(たとえば) 羿《げい》が不死の薬を得ようと思い、西王母《せいおうぼ》に願う」という意味である。「羿」とは弓の名手といわた古代の英雄のことで、「西王母」は中国の女神である。

その願いの結果、羿は「不死の薬」を得るが、「姮娥竊以奔月」となってしまう。これは、「姮娥《こうが》がそれを盗んで月へ昇る」という意味で、羿が西王母に願って得た貴重な薬を、羿の妻である姮娥が盗んで月へ逃げてしまった。そのため、夫の羿は「悵然有喪、無以續之」となってしまう。これは「失意で呆然としてしまい、後を追うことができなかった」という意味である。

そして、『淮南子』の編纂者はここで、「何則（なぜだろう）」と問い、それは「不知不死之藥所由生也」のためだと結論づけている。それを訳してみると、「不死の薬の由縁を知らなかったからである」となる。さらに続けて、「是故乞火不若取燧、寄汲不若鑿井」と説法している。その意味は「火を求めるよりも火打石を手に入れた方がよく、水を求めるよりも井戸を掘った方がよい」ということである。この解釈に関しては色々考えられるが、集約すれば「人は物事の本質を知って生きなければならない」ということになるだろう。それに関して、これ以上の哲学的解釈を語ることは控えておきたい。それが本題ではないからである。

ここで問題にしなくてはならないのは、「姮娥伝承」に出てくる「月」の意味である。中国の伝承では、月へ逃げた姮娥は月にある「月宮殿《げっきゅうでん》」という宮殿で暮らし、「月の蟾蜍《せんじょ》（がま）となり、月の精となった」と伝えられている。また、中国の道教では、姮娥を「月神」とみなし、中秋節に祀っている。いずれにしても、古代中国では「月」に対して「不死のイメージ」を抱いていたように思える。

なお、古代では「姮娥《こうが》伝承」といっていたが、現在では「嫦娥《じょうが》伝承」といっている。その理由は、前漢の「文帝」の名前が「恒《こう》」であったため、字形と発音の似た「姮」を避け、「嫦」に変えたためといわれている。

問題は、この「姮娥伝承」が『竹取物語』に影響を及ぼしたのか、さらに、「姮娥伝承」と同じ意味で「月」を用いたのか、という点である。それを検討しなければならない。

日本の多くの研究者は、「女性が月に昇る」点と「不死の薬」が登場している点を取り上げ、「姮娥伝承」が『竹取物語』に影響を与えたとしている。しかし、そうした表層的な影響だけでなく、もっと深層にまで潜って、「姮娥伝承」が与えた影響を考える必要があるだろう。

私が最初に拘ったのが、「姮娥伝承」が掲載されている『淮南子』の日本へ伝播した時期である。実は、『淮南子』を「えなんじ」と発音するのは「呉音」の読み方である。「漢音」では「わいなんじ」と読む。しかし、日本では呉音の「えなんじ」と読まれ続けてきた。

ここで、呉音と漢音に関して、簡単に触れておく必要があるだろう。呉音とは日本で最も古い時代に読まれた「漢字音」のことである。初めは「倭音《やまとごえ》」と呼ばれていたが、平安時代になってから呉音と呼ばれるようになった。この呉音に次いで、遣唐使や留学僧によって伝えられたのが漢音である。

私は、『淮南子』が遣隋使《けんずいし》の時代（西暦六〇〇年〜六一八年）に日本へ伝えられたのではないかと考えている。もしも、遣唐使の時代（西暦六三〇年〜八九四年）以降に伝えられたものであれば、この本は日本で「わいなんじ」と呼ばれていただろう。それなのに日本においては、ずっと「えなんじ」と呼ばれ続けてきた。

この事実は、『竹取物語』の成立時期に関する捉え方に大きな影響を与える。その読みから見て、『淮南子』が紀元七世紀前半に日本へ伝播していることから、この頃すでに、「女性が月に昇る」概念や「不死の薬」に関する概念が日本で認識されていたことになる。つまり、その影響を受け『竹取物語』が紀元七世紀代に創られていても、何ら矛盾しないことになる。『竹取物語』の成立が「紀元九世紀から十世紀にかけて創られた」という定説から、もっと年代を前倒しすることが可能になったといえるだろう。

また、『竹取物語』の作者が「姮娥伝承」を参考にしたとするならば、作者の身分が相当高いことが指摘できる。当時の最先端の知識であった遣隋使の情報を知ることができるほどの地位にいた人物である。しかも、当然、漢文で伝わったものであるから、漢語に関する深い知識を持った文化人であると想像できる。その人物が果たして、「姮娥伝承」をどこまで参考にして『竹取物語』を書いたのだろうか。私は『竹取物語』の作者が「姮娥伝承」とまったく逆の意味で、「月」を用いたと思っている。

古代中国では「月」が不老不死の世界となっている。しかし、日本では逆に、「月」は「死者の世界」なのである。「かぐや姫」は死者の世界からやって来て、死者の世界へ帰って行った。作者がそう語りかけているように思える。

物語では、作者が巧妙に御門《みかど》を持ち出し、不老不死を印象づけているが、ほんとうは「かぐや姫」に対して不死を求めていたのではないだろうか。だがそれは叶わず、「かぐや姫」は現世から月（死者）の世界へ帰っていってしまった。

作者は「姮娥伝承」を参考にしたが、「姮娥伝承」とは別の意味で、「月」や「不老不死」を用いていた。そこには、不老不死など存在せず、どんなに生きていてほしいと願っても、大切な人は亡くなってしまう。そういう無常観が流れているように思える。

不思議なことに、日本では『竹取物語』と「記紀」を除けば、「月」をテーマにした神話や説話がほとんど存在していない。そして、この二つとも「月」に死のイメージを重ねている。たとえば「記紀」では、「月読尊《つくよみのみこと》」が登場する。月読尊は父の「伊邪那岐命《いざなぎのみこと》」から「夜の食国《おすくに》」を治めるように命じられる。夜の食国がどのような国であるのか諸説があるが、私は「夜見之国《よみのくに》」、即ち、死者の国である「黄泉《よみ》の国」であると考えている。前著でも語ったが、月読尊はただ「黄泉の国」を支配する神ではない。月読尊は「敗者の神」であり、「消された神」なのである。『竹取物語』の作者はそのことを充分に理解していた。物語のなかで、「かぐや姫」は自分のことを次のように語っている。

己のが身は、この国の人にもあらず。月の都人なり。

つまり、「かぐや姫」自らがこの世の人間ではなく、死者の国の住人である、と語っている。その死者も、敗北して消されてしまった国の死者である、と暗にいっている。『竹取物語』に用いた「月」には、そうした不吉な感情が隠されていると指摘できる。それ故、物語のなかで次のように記したのである。

ある人の、「月のかほ見るはいむこと」と制しけれども

月の顔を見ることは「忌《い》むこと」であると制している。「忌むこと」とは「不吉なことだという意味である。月が「敗者の死」を意味しているから、それを見るのは不吉なことだと諫《いさ》めたのである。こうしたことからも、『竹取物語』の「月」は「死者の国」を指しており、しかも「敗者の国」も比喩していると考えられる。言い換えれば、「かぐや姫」は「敗者の国」からやって来て、「死者の国」へと帰って行ったということになるだろう。その姫がどうして「竹」のなかにいたのだろうか。

竹は何を象徴しているのか

月が敗者の国や死者の国を暗喩しているのならば、「竹」は何を示唆しているのだろうか。

従来からいわれている説では、「竹」は神秘性を表しているとされてきた。その根拠として、竹は神秘的な植物で、古代より不思議な力を持っていたとされている。たとえば、竹は何度切っても蘇ることから、「復活と再生」を象徴する植物になり、竹が「かぐや姫」の生まれ変わりの場として選ばれたともいわれてきた。

こうした説では、竹が短期間に勢いよく生長し、竹のなかが空洞という独特の世界になっていることが影響し、人々が竹に強い信仰心を持ったとされている。この竹の神秘性が『竹取物語』を生む背景になったと主張する研究者は極めて多い。ただ私は、それらの説が「古代から竹は神秘的で――」といっているが、いったい、いつの時代を指して「古代」といっているのか。それが非常に曖昧ではないかと感じている。

古代中国において、「四君子《しくんし》」という概念がある。「竹、梅、蘭、菊」の四つの植物の姿が高潔で君子の趣のあるところから生まれた概念で、そこから竹が神聖視され始めたといわれている。この考え方でさえ、明代末期の書家・画家である「陳継儒《ちんけいじゅ》」（西暦一五五八年〜一六三九年）の『梅蘭竹菊四譜』から生まれたもので、紀元十六世紀以降の考え方である。果たしてそれ以前に、日本において「竹」を神秘化する概念が存在していたのだろうか。だいたい、植物の竹そのものが、日本ではいつの時代から存在していたのだろうか。

農林水産省のホームページには、「私たち日本人と竹の関わりの歴史は古く、縄文時代の遺跡から竹を素材とした製品が出土しています」と記されている。この記述は、おそらく西暦一九八七年（昭和六二年）に発掘された、「弁天池低湿地遺跡」（東京都練馬区）から出土した「竹かご」に関する記述だと思われる。

この遺跡は土層やほかの出土品から判断して、縄文時代後期のものと推定されている。ところが、ここでいう竹とは、今の私たちがすぐに想像する「真竹《まだけ》」や「孟宗竹《もうそうちく》」ではない。この竹は、今でいうところの「笹《ささ》」である。日本で見られる多くの竹は帰化植物であり、日本産の野生種がほんのわずかあるものの、ほとんどの竹は中国原産なのである。それに対して、笹は日本原産のものが多い結果となっている。

では、なかが空洞と認識できる太い竹は、いつ日本へ伝来したのだろうか。それは、紀元七、八世紀前後といわれている。

具体的には諸説あるが、「淡竹《はちく》」は紀元七、八世紀頃に中国から日本へ伝わったとされている。また「真竹」はそれ以前に伝わって栽培されたといわれている。この「真竹」に関しては日本自生という説もあるが、私は「遣隋使」（西暦六〇〇年～六一八年）が日本へ持ち帰ってきたと考えている。最も太くて大きい「孟宗竹」は江戸時代頃に伝わっている。

西暦七八三年に成立した『万葉集』のなかに「竹取翁」が登場するが、おそらくその頃までには竹が栽培されていたと考えられる。そして、『竹取物語』はその前後の時期に創られたのではないだろうか。そのため、その時代には竹が神秘的であるという概念はまだ確立していなく、浸透もしていなかったと考えられる。

もし『竹取物語』の成立がこの頃であるならば、現在の「竹の神秘性」を根拠にした物語分析は、すべて的外れということになってしまう。さらに、『竹取物語』が成立した時代には、まだ「竹」は勝手に自生していなかったと思われる。竹は特定の皇族や貴族だけが持っている地に栽培されていた、貴重な舶来の植物であった。そのため、竹が神の依代《よりしろ》であるとか、あるいは神聖な力を持っているとか。こうした考え方は紀元十世紀以降に生まれたものであり、私が考える『竹取物語』の成立時期には存在していなかったといえるだろう。

日本には竹の神秘性をテーマにした多くの説話が存在しているが、これらは『竹取物語』以後に創られたものでしかない。たとえば、「継子《まま こ》と笛」と呼ばれている民話がある。これは、継母《ままはは》に虐められて亡くなった継子の霊が竹になり、その竹で創った笛を父親が吹くと継子の霊が現れるというものである。地方によっては、継子が生き返るというものもある。しかし、この説話もまた、竹が伝来して自生し、自由に伐採できるようになってからの話である。こうした事実を受け、『竹取物語』は竹が日本で普及・定着した「紀元九世紀から十世紀にかけて創られた」という説が有力となった。だがそれは、ほんとうに正しいのだろうか。

私が最も疑問に感じているのが、「竹」に関する古代の人々の捉え方やイメージなどに関してである。従来の考え方では、竹は神秘的なものであり、その神秘性を基にして物語が創られたというものであった。私はこの考え方が根本から誤っているため、『竹取物語』の謎の解明を大きく妨げていると考えている。紀元八世紀から十世紀の頃、人々は竹を神秘的なものとしてほんとうに捉えていたのだろうか。

私は違うと断言したい。

では、古代の人々は竹をどのように捉えていたのだろうか。当時の人々は「竹」と聞くと、「天皇家」をイメージしていたのである。その背景には、竹と共に伝来した中国の故事が影響を及ぼしていた。

古代中国の逸話集に『西京雑記《せいけいざっき》』という書物がある。紀元三世紀前後に成立したといわれており、そのなかに漢の文帝の子供である「梁《りょう》の孝王」に関する逸話が載っている。

この孝王が庭園に竹を多く植え、修竹苑（竹園）と名づけたことから、竹が「皇室を指す言葉」になった。この逸話は「竹苑椒房《ちくえんしょうぼう》」という故事熟語として日本に伝わり、「竹苑」は天皇家を意味し、「椒房」は皇后や皇女を象徴する言葉となった。これに関して、鎌倉時代末期（紀元十四世紀）に書かれた『徒然草《つれづれぐさ》』の第一段に次のような文章が記されている。

御門《みかど》の御位は、いともかしこし。竹の園生《そのふ》の、末葉《すゑば》まで、人間の種ならぬぞやんごとなき。

簡単に訳してみると次のようになる。

帝の御位はたいへん恐れ多い。子々孫々に至るまで、天皇家の人々は人間の子孫でなく神の子孫である。尊いことである。

なんと、紀元十四世紀になっても、竹や竹園に対する概念が天皇家と結びついている。それが、『竹取物語』が創られたとされている紀元九世紀から十世紀頃ならば、もっと強く竹が天皇家と関連されて認識されていたに違いない。従って、作者が物語に竹を用いたのは、竹の神秘性にあるのではなく、天皇家と関わりのある人物を象徴するためなのである。

さらに、その考え方をいっそう強調しているのが『竹取物語』の冒頭部分である。それを見てみよう。

いまはむかし　竹取の翁といふものありけり。野山なる竹をとりてよろづの事につかひけり。名をば、さるきのみやつこといひける。

冒頭のたったこれだけの文章のなかに、何重もの比喩が隠されている。その最大の比喩である「竹取の翁」に関しては、あとから検討するとして、最初に注目しなければならないのが「野山」である。先ほど私は、紀元八世紀には竹がまだ伝来したばかりで、特定の場所でしか栽培されていない貴重な植物であったと述べた。それなのに物語では「野山」になっている。「野山」にあるのならば、すでにあちらこちらに自生していることになる。

しかし、ここで記されている「野山」とは何なのだろうか。そのことに疑問を持つ人は少ない。なぜなら私たちの脳裏には、「野山」とは「野」と「山」のことである、という認識がすり込まれているからである。

だが、紀元八世紀頃の「野山」とは、果たして「野」と「山」のことだったのだろうか。そこから疑う必要がある。そこで、「野山」という表現を調べてみると、古代では「野山」という表現が極めて少ないことに気づく。現在、使用例としてよく挙げられているのが、『万葉集』の次の歌である。

里ゆ異に　霜は置くらし　高松の　野山づかさの　色づく見れば（万葉集二二〇三）

歌の意味は、「高松にある野山の頂《いただき》が黄葉をするのを見れば、里とは違うように、霜が木々に置かれている」となる。この短歌では「野山」という言葉が使われている。ただ、私はこの「野山」に関して大きな疑問を持っている。その理由を明らかにするため、この短歌の原文を見てみたい。

里異霜者置良之高松野山司之色付見者

多くの翻訳では、この原文を「里異　霜者置良之　高松　野山司之　色付見者」と分け、「高松　野山司之」を「高松の　野山づかさの」と読んでいる。だが、「高松の」と読んだ場合、高松に続く「の」は原文のどこにあるのだろうか。

むしろこの原文は「高松野　山司之」と分けて、「高松の　山づかさの」と読む方が自然である。それを「五・七・五」に拘るため、「高松の　野山づかさの」と、「高松」の下に存在しない「の」を加えて読んでいる。ほんとうは「高松の　山づかさの」ではないのだろうか。その場合、作者は「高松之」ではなく、「高松野」と記し、「之」ではなく

「野」を用いている。それは、その前に「霜者置良之」とあることから、「之」という漢字が三つ続くのを避けたと考えられる。

もし、この読み方が正しければ、「野山」という熟語は存在しないことになる。では、ほかに「野山」の使用例がないのだろうか。残念なことにすぐには見つからない。なぜなら、この時代にはまだ「野山」という表現が一般的でなかったからである。

私は『竹取物語』での「野山」の意味は、別にあると考えている。「野山」は「野」と「山」に分けて考えなくてはならない。日本に律令制が施行されたのち（紀元七世紀以降）、「野」とは「天皇の支配地」を指す言葉になっている。また、「山」には「天皇の御陵」、即ち、「墓地」を指す意味がある。つまり、物語の書き出しで、作者は「竹取の翁」が天皇の御陵に入って、「竹」や「笹」を取り、葬祭用の万事《よろずごと》に使っていた、ということを記したといえる。

作者はまず読者に対して、この物語は亡くなった天皇の御陵を護っている、「竹取の翁」の話であると語りかけたのである。では、「竹取の翁」とはどんな人物なのだろうか。自由に天皇の御陵へ入れて、そこにある竹を取ることができる人物とは、いったい誰のことなのだろうか。

その鍵となるのが、序章で触れた『万葉集』のなかに登場する「竹取の翁」である。その翁は「今でこそ落ちぶれているが、昔は権勢の中心にいた」と自分のことを詠っている。従って、「竹取の翁」は天皇家、あるいはそれに匹敵する皇家に仕えていた人物である可能性が高いといえるだろう。

竹取の翁の名前は何か

もしも、「竹取の翁」が天皇家、あるいは皇家に仕えていたとするならば、誰に仕えていたのだろうか。私はそれを明らかにする重要な鍵が、「竹取の翁」という表現に秘められていると考えている。実は、この「竹取」には「竹を取る」という意味のほかに、別の重要な意味が籠められていた。それを探ってみたい。

最初に、「竹取」という名詞を分解する必要がある。この場合、「竹取」は「たけ」と「とり」とに分けられる。さらに、「たけ」は植物の竹だけでなく、「勢い」を意味する「たけ」を含んでおり、それが転じて、軍勢の「勢い」を表現していることに気づかなくてはいけない。

たとえば、『今昔物語集』（十）に「軍のたけ劣りたるによりて支へ得がたし」と記されている。そのまま訳してみると、「軍の勢いが劣っているので、支えきれない」となる。この用法と同じで、「たけ」には「勢い」や「軍の勢い」が含まれている。

次に、「たけ」に続く「とり」は単なる「取り」ではなく、「とりあふ」の「取り」のことである。「とりあふ」とは「相手と争う」ことや「戦う」ことを意味している。

こうしたことから「竹取の翁」とは、かつて「権勢を巡って戦っていた翁」ということになる。しかも、今はその戦いに敗れて不遇の身になっている人物を暗喩していた。それが、『万葉集』に登場する「竹取の翁」の嘆きに繋がるのである。要するに、「竹取の翁」とは、昔「権勢を巡って戦ったが、その戦いに敗れて不遇の身になっている人物」で、今は「天皇の御陵を護っている人物」ということになる。

その不遇の身になっている「竹取の翁」のほんとうの名前は、何というのだろうか。翁は、その名を「さぬきのみやつこ」、「さかきのみやつこ」、あるいは「さるきのみやつこ」などと書き残されており、その真相を巡って多くの説が争っていることはすでに述べてきた。そのなかで、私は「さるきのみやつこ」こと、「さるきの宮つこ」がほんとうの名前であると考えている。この「さるき」には少なくとも二つの意味が隠されていた。最も重要なのは、「さる」が「申《さる》」を意味していることである。また、「き」は「季」であり、古代では一年間を「一季」と呼んだ。このことから、「さるき」とは「申季」のことであり、「申年」のことであった。そして、この時代の「申年」とは「壬申」の年を指していた。

また、「さる」には「去る」という意味も籠められている。「き」も同様に「砦」という意味の「城」を暗示していた。「宮つこ」を使用人と訳せば、「壬申の年に城を去った使用人」ということである。城とは当然、近江大津宮《おうみおおつのみや》のことである。壬申の乱で廃都となったため宮殿とは書けず、「城」と表現したのである。とすれば、当然のことながら「さるきの宮つこ」が護っていた「野山」とは、「壬申の乱」で敗れた「大友皇子《おおとものみこ》」（西暦六四八年〜六七二年）の御陵であった。

前記したが、大友皇子は即位しており、天皇であったという説が近年では有力になってきている。また、それを裏付けるように、西暦一八七〇年（明治三年）、大友皇子に「弘《こう》文《ぶん》天皇」という漢風諡号が贈られている。

私は第五章で、『竹取物語』が壬申の乱の後で起こった出来事を書き残した「後日談作品」であり、それも、敗者側の視点から書き綴ったものであると述べた。それを示唆しているのが、「さるきのみやつこ」という翁の名前であった。

第七章　ほんとうの「かぐや姫」は誰なのか

物語は実話である

今までの推論をまとめれば、「竹取の翁」はかつては権勢の中心にいたが、「壬申の乱」の敗北によって不遇の身になった人物で、今は大友皇子こと、弘文天皇の御陵を護っている人物である。この設定が正しければ、『竹取物語』は極めて現実的な物語となる。とても架空のお伽噺とはいえないだろう。

私は『竹取物語』が「壬申の乱」を巡る後日談を纏めた作品であると考えている。作者は「諸行無常」という人の因果を説いた仏法を根本に据え、比喩や暗喩を駆使して「実話」を物語として記した。そしてこの物語には、作者に大きな影響を与えた「原典」が存在していたと思われる。そのことをこれから証明しようと思う。

秘密は人名に隠されている

年月の経過により、『竹取物語』の真実はどんどん変容し、解釈の多様化によってその謎がさらに複雑なものに変えられてしまった。だが、物語の作者はそのことさえも見通していたのかも知れない。作者は物語に謎を配置すると同時に、解明の大きな鍵も物語のなかに隠していた。

それが「人名」であった。翁の名前もそうであったが、さらに大きな鍵が主人公の名前といえる。物語の主人公である姫の名前に注目してほしい。その名を「なよたけのかぐや姫」という。

従来の解釈では、「なよたけ」とは「弱竹」のことで、「細くしなやかな竹」、あるいは「若くてしなやかな竹」とされてきた。しかし、「なよたけ」は「なゆたけ」ともいい、「萎竹」と漢字表記することもある。「萎《な》ゆ」と書いた場合、その意味は「力が抜けてぐったりする」状態を指している。また、「たけ」は翁のところで明らかにしたように、「勢い」を意味する言葉であり、皇族を象徴する言葉でもある。それに「萎ゆ」をつければ「萎ゆたけ」となり、「勢いが弱まり（権勢争いに敗れて）、心がぐったりとしている」となる。つまり、「なよたけのかぐや姫」とは、「権勢争いに敗れて、その心がぐったりとしている皇族の姫」のことであった。

私はこの名づけに作者の非凡な才能を感じてならない。「かぐや姫」という、表面的には「きらきらと輝いている」名前をつけながら、ほんとうは「敗者のぐったりしている」状態を比喩している。主人公の名前一つで、その対比を表現する見事さに思わず感嘆してしまう。

その弱った姫は「月の都人」であった。ということは、すでに亡くなっていて、死者の世界からやって来たということになる。では、何のためにやって来たのだろうか。それを明らかにしているのが次の文章である。

己のが身は、この国の人にもあらず。月の都人なり。それをなむ、むかしのちぎりありけるによりてなむ、この世界にはまうできたりける。

権勢争いに敗れて、その心がぐったりとしている「かぐや姫」は、「自分は敗者として消され、死者となってしまった国から来た」と語り出している。そして、なぜやって来たかというと、「むかしのちぎりありけるによりてなむ」といっている。この「ちぎり」とは「契り」のことである。「契り」には「宿縁」という意味と同時に、男女の「契り」も含まれる深い言葉であった。それも「むかしのちぎり」だから、「昔からの宿縁」であり、「昔からの男女の契り」である。しかも、それによって生じた「今の因縁」も含んでいる。その複雑な思いが、「むかしのちぎりありける」という見事な表現になった。私には、それが「ほんとうはこの世界に来たくなかったが、昔からの様々な宿縁だから、そして今の因縁があるから来た」と読める。その因縁や宿縁とは具体的に何なのだろうか。おそらく、それこそが『竹取物語』の作者が最もいいたかったことに違いない。これに関しては後からもう一度説明を加えたいと思っている。

私は、『竹取物語』の真実は、冒頭の部分とこの「月の都人」の部分にあると考えている。改めて、それを見てみよう。

いまはむかし　竹取の翁といふものありけり。野山なる竹をとりてよろづの事につかひけり。名をば、さるきのみやつこといひける。

己のが身は、この国の人にもあらず。月の都人なり。それをなむ、むかしのちぎりありけるによりてなむ、この世界にはまうできたりける。

この二つの文章に、「かぐや姫」と「翁」の数奇な運命がすべて籠められていた。そこには、「壬申の乱」によって権力の頂点から滑り落ちた人々の無念さと怨念が息づいている。『竹取物語』はそのことを後日談として記した物語であった。

消された真実の名前

実は、「かぐや姫」には消されてしまった、もう一つ別の名前が存在していた。その名前が消えてしまった背景には、「かぐや姫」の真実を知らない人々の無知が大きく影響している。そのことが物語の解釈を巡る、今日の混乱の大きな原因の一つになったことは否定できない。

その誤って消されてしまった、姫のほんとうの名前は元々どこにあったのだろうか。それを改めて探す必要はない。すでに私たちはその名前を幾度となく目にしてきている。

それこそが「かぐや姫」という名前であった。

私たちはこの「かぐや姫」という名前の表記に関して、今まで何の疑問を持たずに受け入れてきた。現在、どの訳本でも「かぐや姫」となっている。ところが、古い時代の形を残している『源氏物語』の「十五帖・蓬生《よもぎう》」では、それを次のように記している。

古《ふ》りにたる御厨子《みずし》あけて、唐守《からもり》、藐姑射《はこや》の刀自《とじ》、赫耶姫の物語の絵に描きたるをぞ時々のまさぐりものにしたまふ。

古くさい書物から、唐守、藐姑射の刀自、赫耶姫の物語など、絵に描いた物を引き出して、退屈しのぎにしていた。

ここに挙げられている「唐守」、「藐姑射の刀自」、「赫耶姫の物語」などはすべて古い時代の読物である。ただ、「赫耶姫の物語」以外は現存していない。これも不思議な話である。ほかの物語は残らなかったのに、なぜか「赫耶姫の物語」だけは残った。その解明は別の機会に行うとして、問題は「赫耶姫の物語」という題名表記である。

この題名表記は別に特殊なものではない。鎌倉時代（西暦一一八五年〜一三三三年）に成立した紀行文学の『海道記《かいどうき》』でも、「むかし採竹翁といふ者ありけり。女を赫奕姫といふ」と記された物語が登場している。また現代でも、与謝野晶子氏が訳した『源氏物語』では「赫耶姫」と書かれている。「赫耶姫」も「赫奕姫」も、その読み方は同じである。

これは、「かくや姫」と読む。

今日のように「かぐや」と濁るのではなく、清音で「かくや」と読む。紫式部がまだ生きていた時代には「かくや姫」といわれていたのである。

これに関して、国文学者の山田孝雄《やまだよしお》博士（西暦一八七五年〜一九五八年）は、「これを、かぐや姫と濁音によむようになったのは田中大秀《たなかおおひで》の『竹取翁物語解《たけとりのおきなものがたりかい》』（西暦一八二六年成立）以降のことで、それ以前はすべて、かくや姫であり、赫奕という漢語から出た名として、かくや姫と清んでよむべきだ」としている。

それを現代では深く考えることもなく「かぐや姫」と訳し、その名を浸透させてしまった。その背景には、「かくや」も「かぐや」も同じ意味で、「光り輝くこと」だと安易に結論づけたためである。だが、そのほんとうの意味は大きく異なっていた。「かぐや姫」が本来の呼び方だとすると、姫の正式な名前は「なよたけのかぐや姫」となる。（以後、「かぐや姫」と表記する）

驚くことに、この名前に使用された文法と同じ構造の名前がほかにも存在する。それが、『古事記』や『日本書紀』に登場する「このはなのさくや姫」である。漢字で表記すれば、『古事記』では「木花之佐久夜毘売《びめ》」、『日本書紀』では「木花開耶姫」となる。

この名前を品詞分解すれば、「このはなの」の枕詞に、動詞の「さく」、反語の係助詞である「や」、そして名詞の「ひめ」となる。それを続けて訳せば、「や」が反語の係助詞なので、「木の花が咲くように美しい姫か、咲かない姫」ということになる。そのため、木花開耶姫は「木花知流比売《このはなちるひめ》」といわれることもある。

これと同じように、「なよたけのかぐや姫」も「なよたけの」が枕詞、「かく」が動詞、「や」が反語の係助詞、「姫」が名詞と考えられる。問題は、動詞の「かく」がどういう意味なのかということである。「かく」は「掻く」であり、固い物に絵や文字を引掻くことから転じて、「書く」となった。

そこで、それを踏まえて判断すると、「なよ竹のかぐや姫」とは「権勢を失って、ぐったりしながら書いた皇族の姫、あるいは、書かなかった皇族の姫」ということになる。書いたのか、書かなかったのか、そこをなぜか曖昧にしている。これは『竹取物語』の作者が意図的にそうしたと考えられる。そうすることによって、時の権力者からの攻撃を避けたに違いない。

私は『古事記』の「木花之佐久夜毘売」も、「かくや姫」の実態を曖昧にするために創られたものだと考えている。それが、現代では逆に、「かくや姫」の実在を証明する証拠になってしまった。そのことに、歴史の不思議さ、皮肉さを感じてならない。

話を戻そう。

この「かくや姫」が書き残した「原典」を下敷きにして、『竹取物語』の作者が物語を書いたと思われる。それでは、その「原典」を書いた「かくや姫」とは誰なのだろうか。歴史好きの人たちには、すでに答えが見えていることと思われる。

誰が「かぐや姫」なのか

誰が「かぐや姫」なのか、その答えは明確である。「壬申の乱」の敗者で、心がぐったりとしている皇族の姫である。しかも、敗者でありながら、天武天皇から極めて大切にされた姫でもあった。

その人の名を――

十市皇女《とおちのひめみこ》（西暦六五三年～六七八年）という。

この姫こそ、「壬申の乱」で愛する夫を失い、心がぐったりとしている、天武天皇最愛の長女であった。

十市皇女の誕生年度に関しては、西暦六四八年など諸説があるが、本著の趣旨と大きく矛盾しないため、ここでは西暦六五三年を採用した。この十市皇女は天武天皇の最初の子供で、「壬申の乱」で破れた大友皇子へ嫁いだ姫である。そしてこの姫は、大友皇子が即位していたので、実際には皇后でもあった。

幾度か述べたように、十市皇女が嫁いだ大友皇子は天智天皇の息子で、ほんとうは天智の死後即位して弘文天皇になっていた。それなのに大友皇子の死により、十市皇女はまだ十九歳という若さで寡婦《かふ》となってしまった。

天武天皇が長女の行く末を案じていたところ、好色な五人の貴族たちが天武の寵愛《ちょうあい》を受けたくて、再び娶《めと》ろうと名乗りを上げたのである。その背景には十市皇女が驚くほどの美人であったこともあるが、それ以上に十市皇女の血筋が大きく影響を及ぼしていたと考えられる。

最高の血統を持つ「かくや姫」

この時代、十市皇女は最高の血統の持ち主であった。もちろん、天武天皇の血筋ということもあるが、それ以上に母親の血統が極めて貴重であった。

十市皇女は当時の貴族にとって憧れの貴種だった、といえる。それは、十市皇女の母親が、あの著名な「額田王《ぬかたのおおきみ》」だからであった。額田王は才能豊かな女流歌人で、絶世の美人といわれた。数奇な人生を歩んだともいわれており、その生涯は幾つもの謎に包まれている。現代でも額田王をテーマにした数多くの文学作品が創られていて、私がそのことに足を踏み込むならば、もう一冊別の本を書かなくてはならないだろう。それは別の機会に回すとして、ここでは誰も明らかにしていない額田王の血統に関して、少しだけ語ってみたいと思う。

額田王という表記は『万葉集』によるものであるが、『日本書紀』では次のように、「額田姫王」と記されている。

天皇初娶鏡王女額田姫王、生十市皇女。

天皇（天武天皇）は最初に鏡王《かがみのおおきみ》の娘の額田姫王を娶り、十市皇女を生む。

額田王の系譜に関する正式な記録はこれしか存在していない。また、彼女の親である「鏡王」もここでしか登場しない。そのため、鏡王の両親が誰なのかもわからない。これは奇妙といわざるを得ない。「王」というからには、皇統のどこかに繋がる王族のはずである。それなのに系譜が不明なのは、どう考えても不可解である。その結果、額田王の系譜に関して、今では多くの俗説が存在することになった。
ただ、私はそれらとは別の観点から額田王の血統を判断してみたいと思う。鍵は先ほど挙げた『日本書紀』のなかにある。ここでは、天武天皇の妻子に関する系譜がすべて記載されている。そのなかで、妻として挙げられている女性たちを見ると、あることに気づく。それを知るために多少長くはなるが、その部分の全文を抜き書きしてみよう。

立正妃爲皇后。后生草壁皇子尊。先納皇后姉大田皇女爲妃。生大來皇女與大津皇子。次妃大江皇女、生長皇子與弓削皇子。次妃新田部皇女、生舍人皇子。又夫人藤原大臣女氷上娘、生但馬皇女。次夫人氷上娘弟五百重娘、生新田部皇子。次夫人蘇我赤兄大臣女大蕤娘、生一男二女。其一曰穗積皇子。其二曰紀皇女。其三曰田形皇女。天皇初娶鏡王女額田姫王、生十市皇女。次納胸形君德善女尼子娘、生高市皇子命。次宍人臣大麻呂女檝媛娘、生二男二女。其一曰忍壁皇子。其二曰磯城皇子。其三曰泊瀬部皇女。其四曰託基皇女。

これをわかりやすく改行して訳すと、次のようになる。

正妃を立てて皇后（のちの持統天皇）とした。后は草壁皇子尊《くさかべのみこのみこと》を生む。

それ以前に、皇后の姉の大田皇女《おおたのひめみこ》を召して、妃とした。妃は大来皇女《おおくのひめみこ》と大津皇子《おおつのみこ》を生む。

次の妃の大江皇女《おおえのひめみこ》は、長皇子《ながのみこ》と弓削皇子《ゆげのみこ》を生む。

次の妃の新田部皇女《にったべのひめみこ》は、舎人皇子《とねりのみこ》を生む。

また夫人《おおとじ》である、藤原大臣《ふじわらのおおまえつきみ》の娘の氷上娘《ひかみのいらつめ》は、但馬皇女《たじまのひめみこ》を生む。

次の夫人である、氷上娘の妹の五百重娘《いおえのいらつめ》は、新田部皇子《にったべのみこ》を生む。

次の夫人の蘇我赤兄大臣《そがのあかえのおおまえつきみ》の娘の大蕤娘《おおぬのいらつめ》は、一男と二女を生む。その一人目は穂積皇子《ほずみのみこ》、二人目は紀皇女《きのひめみこ》、三人目は田形皇女《たかたのひめみこ》という。

天皇は最初に鏡王《かがみのおおきみ》の娘の額田姫王《ぬかたのおおきみ》を娶り、十市皇女《とおちのひめみこ》を生む。

次に、胸形君徳善《むなかたのきみとくぜん》の娘の尼子娘《あまこのいらつめ》を召して、高市皇子命《たけちのみこのみこと》を生む。

次に、宍人臣大麻呂《ししひとのおみおおまろ》の娘の檝媛娘《かじひめのいらつめ》は、二男二女を生む。その一人目は忍壁皇子《おさかべのみこ》、二人目は磯城皇子《しきのみこ》、三人目は泊瀬部皇女《はつせべのひめみこ》、四人目は託基皇女《たきのひめみこ》という。

ここで挙げられた妻たちを出自別にまとめてみると次のようになる。

皇女が、鸕野讃良皇女《うののさららのひめみこ》（のちの持統天皇）、大田皇女、大江皇女、新田部皇女である。

豪族・貴族の娘が、氷上娘、五百重娘、大蕤娘、尼子娘、檘媛娘である。
王族の娘が、額田姫王である。
これを見ると、女性の出自が三つに分かれていることに気づく。

一．皇族（天皇家の家系）出身の「皇女」
二．豪族・貴族出身の「娘」
三．王族出身の「姫王」

皇女や豪族・貴族の娘は理解できるが、王族出身の「姫王」とは何なのだろうか。言葉通りに考えれば、天皇家以外の王家の娘ということになる。だが、天皇家以外の王家があるならば、日本の権力が二重構造になってしまう。
私は、日本列島における覇権が火巫女《ひみこ》氏族による「大和王朝」から始まり、次いで、シユメール系民族による「蘇我王朝」、そして、エラム系民族による「日本王朝」の順に、三つの王朝に移ってきたと考えている。各王朝における覇権者の呼び名は異なっており、大和王朝が「大王《おおきみ》」で、蘇我王朝が「帝《すめらみこと》」、日本王朝が「御門《みかど》」、あるいは「天皇」となっている。元々は、「王」とは古代「大和王朝」の血をひく一族の名称であった。

ではなぜ、日本王朝の天皇である天武が、その名称の使用を許したのだろうか。それは、「丁未《ていび》の乱」(西暦五八七年)で敗れた物部氏が氏族名を隠して逃げ延びたことと関係している。おそらく、物部氏本家の一族である天武天皇は名前を変え、大和王朝の末裔である鏡王の一族に庇護されていたのだと思われる。しかも、鏡王の一族はただの末裔ではない。女性の名称である「姫王」とは、卑弥呼《ひみこ》宗女の「臺與《とよ》」の血統と男王の「倭建命《やまとたける》」の血統との二つを継承する、極めて貴重な氏族を指す名前であった。

その貴種の血統が、鏡王から額田王、さらに十市皇女へと受け継がれていた。さらに、十市皇女には天武天皇自身の血も流れている。それ故、「壬申の乱」以降の主要な豪族・貴族たちは、みんな十市皇女の血を強く求めたのである。それが、『竹取物語』が誕生する歴史的背景になったといえるだろう。

かくや姫は何を遺したのか

十市皇女に関して不可解なことが一つある。それは、十市皇女がたった一首の短歌も残していないことである。日常生活を送るにあたって、短歌を詠むことが非常に重要な役割を持っていた時代にもかかわらず、十市皇女の短歌はどこにも残っていない。額田王の娘だから、優れた短歌の才能も受け継いでいたと思われる。たとえ才能がなくても、額田王の手ほどきで、それなりの短歌を詠《うた》うことができたに違いない。それなのに、一首の短歌どころか、書き損じた文字さえ存在していない。これは不可解といわざるを得ない。なぜ、十市皇女の短歌が残っていないのだろうか。

いや、ほんとうは残っていたと私は思っている。それが、長歌と返歌で構成された「十市皇女の和歌集」（仮称）である。その和歌集が核になって、のちに「かくや姫の物語」が創られたのであった。その結果、十市皇女の和歌が一首も残らないことになってしまった。

現存する『竹取物語』を注意深く読んでみると、物語のなかで十五首の短歌が詠われている。そういえば、序章で触れた『万葉集』の「竹取の翁」は、長歌と短歌二首による和歌であった。おそらく、『竹取物語』のなかの短歌十五首とその周辺に書かれた話の部分が、十市皇女が遺したものか、それを基にしたものであったに違いない。

十市皇女は五人の貴族の求婚に対して、それを拒絶する理由を詳しく記した長歌と短歌を詠い、それを天武天皇と額田王に届けたのだと思われる。

十市皇女が天武天皇に届けたものといえば、私にはどうしても疑問に思うものが一つある。それが「不死の薬」である。この時代には、すでに「不死の薬」など、どこにも存在しないことが認識されていたはずである。だからこそ、高市皇子は十市皇女が亡くなった時に、次のように詠ったのである。

山振之　立儀足　山清水　酌尓雖行　道之白鳴
山吹の　立ちよそひたる　山清水　汲みに行かめど　道の知らなく

高市皇子は亡くなった十市皇女を生き返らせるため、黄金の花に彩られた「不死の泉の水」を汲みに行きたいけれど、その道を知らないため、そこへ行けないと嘆いている。これは、人が亡くなってしまったら、もう二度とは戻らないということをいっている。また、当時の貴族は、司馬遷《しばせん》の『史記』を通じて、秦の始皇帝が徐福《じょふく》に「不老不死の霊薬」を探すように命じたが、入手できなかったことも知っているはずであった。

それなのに『竹取物語』では、存在しないはずの「不死の薬」が登場する。その隠れた意図は何なのだろうか。不死の薬は何を比喩しているのだろうか。存在しないものを天皇に贈る。贈られた天皇は意味がないといって、燃やしてしまう。この話の基は、おそらく十市皇女が何らかの霊薬を天武天皇に贈ったことによると思われる。それを天武天皇が燃やしてしまった。その逸話をもとにして、『竹取物語』の作者が、その霊薬を「不死の薬」に変換させたのだと考えられる。

私がわからないのが、「かくや姫」が天皇へ霊薬を贈った、その意図である。物語では、「かくや姫」が「不死の薬」をちょっと嘗《な》めたあとに天皇に渡すことになる。その場面が次の文章である。

いささかなめ見給て、すこし形見とて、脱ぎ置く衣に、つつまむとすれど、……

月に戻るということは、死者の国へ帰ることを意味している。もし「不死の薬」ならば、ちょっと嘗めてしまったら、もう、死ねないではないか。何か、辻褄《つじつま》の合わない表現といえる。

私は、この霊薬が「不死の薬」ではないような気がしてならない。『竹取物語』を注意深く読んでいくと、最初、この薬は「壺《つぼ》なる御薬」という表現で登場する。次いで、「壺の薬」、「薬の壺」と記されている。それが最後の方で「不死の薬」となっている。

なぜ、最初から「不死の薬の壺」と書かなかったのだろうか。「かくや姫」が嘗めた時には、ただの「薬」としか書かれていない。私はこの薬とは「不死の薬」ではなく、「必死の薬」であったように思う。飲めば必ず死ぬ「毒薬」であったと考えられる。「壬申の乱」で夫を殺された十市皇女が、天武天皇に対して「あなたも死になさい」と、復讐《ふくしゅう》の思いを伝えて毒薬を渡したのか。いや、心優しき十市皇女がそんなことをするはずがない。とすれば、それは十市皇女ではなく、物語の作者の心の叫びなのか。あるいは、天武天皇が大友皇子の父親である天智天皇を毒殺したこと（仮説）を暗喩しているのか。いずれにしても、その毒薬を嘗めた「かくや姫」は月（死者の世界）へ旅立って行くのであった。

かくや姫の幻想史

歴史の闇のなかに、静かに消えてしまった十市皇女の実話。それは実際にはどのようなものだったのだろうか。それに関しては誰も語らず、歴史書のなかにも残されていない。ただ、『竹取物語』のなかには、それがひっそりと息をしている。時折、かすかにその姿を見せることがある。それは私の幻想かも知れないが、その幻想の歴史を十市皇女に代わって、私が語ってみたいと思う。

西暦六七二年八月二十日、瀬田橋(滋賀県大津町)の戦いで敗れた大友皇子(二十五歳)は、翌日の朝、自決する。それにより、額田王や十市皇女が住んでいた近江大津宮《おおみおおつのみや》は廃都となってしまう。近江大津宮を去った十市皇女(十九歳)と息子の葛野王《かどののおう》(三歳)は、額田王の実家で暮らすことになる。

静かに実家で隠棲していた十市皇女のもとへ、その血統を求めて幾人もの貴族が十市皇女を娶ろうと蠢《うごめ》き始めた。そのなかでも、天武天皇の覚えめでたい、色好みの五人の貴族が執拗《しつよう》に婚姻を迫ってきた。

その一人目が、多治比嶋であった。皇族でありながら女好きで知られており、同時に国家の守護者を自認していた。しかし、ほんとうはほんの少しの才もない、ただの嘘つきであった。十市皇女はそのことを痛烈に批判して拒絶した。

二人目が、なんと異母弟の藤原不比等であった。まだ十代なのに、父である天武天皇の権力を嵩《かさ》にかけ、強引に迫ってきた。十市皇女は不比等の傲慢で冷血なところを嫌っていて、激しく拒絶した。

三人目が阿倍御主人である。権力の中枢にいた貴族で、何でも金で買えると思っている嫌な男であった。十市皇女はその愚かさを強烈に指摘して退けた。

四人目の男が、ある意味で一番嫌いだった。愛する夫の大友皇子と直接戦った大伴一族の御行である。十市皇女はただ拒絶するだけでなく、徹底的に大伴氏の軍事力や能力を愚《ぐ》弄《ろう》した。

最後の石上麻呂こと、物部麻呂に対しては複雑な思いでいた。物部麻呂は夫の最後を看《み》取《と》った人物である。また、十市皇女との婚姻に手を挙げたのは、十市皇女を天武天皇派の貴族から護ろうとしたからだろう。物部麻呂は十市皇女の庇護者になろうと考えていたに違いない。その物部麻呂に対して、十市皇女は「私もあなたも、すでに死んでいる人である」として拒絶した。

こうして、五人貴族とのやりとりが三年間経過するなかで、西暦六六五年二月、十市皇女は異母妹の「阿閉皇女《あへのひめみこ》」と共に伊勢神宮へ参拝する。そのことに関して、『日本書紀』では次のように記している。

丁亥、十市皇女・阿閉皇女、參赴於伊勢神宮。

二月十三日、十市皇女と阿閉皇女が伊勢神宮に参拝した。

極めて簡略な表現であるが、これには深い意味があるように思えてならない。その理由は、十市皇女と共に伊勢神宮を参拝した「阿閉皇女」にある。

阿閉皇女はこの参拝後、天武天皇の皇太子である草壁皇子《くさかべのみこ》と結婚し、第四十二代・文武《もんむ》天皇、第四十四代・元正《げんしょう》天皇を生む。また、自らも第四十三代・元明《げんめい》天皇として即位している。

阿閉皇女は天智天皇の皇女で、大友皇子とは異母兄妹にあたる。また、母は蘇我倉山田石川麻呂の娘である「姪娘《めいのいらつめ》」といわれている。これが正しいとするならば、阿閉皇女は

「シュメール王朝（蘇我王朝）」と「旧エラム王朝（天智王朝）」の血筋をひく皇女となる。

それに対して、十市皇女は前記した通り、「大和王朝」の正統なる血筋である。また、伊勢神宮は天照大神《あまてらすおおみかみ》こと、「卑弥呼」を祀る神社であり、第十代・崇神《すじん》天皇が内宮を造った「大和王朝」の氏社《うじしゃ》である（氏社とは氏神を祀る神社）。その伊勢神宮に、十市皇女と阿閉皇女は何を祈願しに参拝したのだろうか。阿閉皇女の方は、伊勢神宮を祀ることで、「大和王朝」と「蘇我王朝」、「天智・天武王朝」の歴代三王朝の統合を祈願したのかも知れない。これらに関しては、さらに推論を進めたいところであるが、本題から大きく離れていくため、別の機会に述べたいと思う。

問題は、十市皇女がなぜ、伊勢神宮を参拝したかである。おそらく、五人貴族の執拗な求婚を退けた後、喪に服そうとしたのだろう。求婚を受けることで、自らが汚れてしまったという思いに苛《さいな》まれたのかも知れない。そして何よりも、夫である大友皇子に対して申し訳ないと強く思ったことだろう。そのことを報告するため、十市皇女は伊勢神宮を参拝したのである。この時のことに関して、『万葉集』一巻二二に和歌が遺されている。また、その題詞にはこう書かれている。

十市皇女　参赴於伊勢神宮時　見波多横山巌吹黄刀自作歌

十市皇女が伊勢神宮に参り赴《おもむ》く時に、波多《はた》の横山の巌《いわお》を見て、吹黄刀自《ふきのとじ》が作った歌、と記されている。刀自とは身分の高い女性（皇女など）に仕える女官たちを束ねていた、年配（少し位の高い）の女官のことである。十市皇女のことを最もよく知る女性といえるだろう。その刀自が詠った和歌が次の歌である。

河上乃　湯都盤村二　草武左受　常丹毛冀名　常處女煑手
かはのへの、ゆついはむらに、くさむさず、つねにもがもな、とこをとめにて

簡単に訳すと、「川辺の神々しい岩々に草が生えないように、変わらずいつまでも若い乙女のままでいてください」というような意味になる。

実は、この和歌には奇妙な部分が存在している。それが、最後の七音である。原文では「常處女煑手」と記されている。読みは「とこ　をとめ　にて」となる。それを漢字表記し直せば、「常、処女にて」となる。

これの何が奇妙なのか。それは「常、処女」の部分である。「常、処女」とは「ずっと子供のような女性」のことであり、いわば「永遠の処女」を意味している。この時、十市皇女はすでに結婚をしており、子供も出産していた。それなのに「常、処女」はおかしい。特に、これを詠ったのが、十市皇女の刀自である。その女性が十市皇女に対して、「いつまでも永遠の処女でいてください」と詠うのは、どう考えても変である。そのため、この短歌の解釈を巡っては、従来から様々な説が主張されてきた。しかし、どの説にも決定的な真実が述べられていない。そう私は思っている。

この和歌は、十市皇女が「かくや姫」であることがわかれば、すぐに「常、処女」の意味がわかる。ここで詠われた「をとめ」とは「未婚の女性」という意味である。執拗に五人の貴族から結婚を迫られていた十市皇女に対して、彼女の本音を最も知っている刀自が、「いつまでも断り続けて、未婚のままでいられますように」と願ったのである。

十市皇女の伊勢神宮参拝の話を聞いた天武天皇は、自分が住む飛鳥浄御原宮に十市皇女を迎えようと思い、使者を遣わした。それを激しく拒否した十市皇女は、「無理にというのであれば死にます」と天武天皇を脅したのである。それでも、天武天皇は最愛の娘である十市皇女に「一目でいいから会いたい」と思い、自ら訪れるが十市皇女に逃げられてしまう。そこで、天武天皇は、「せめて文だけでもいいから、連絡を交わしてほしい」と願い、それが叶えられた。こうして、三年間、喪に服した十市皇女と天武天皇は文を交わすことになった。その間、十市皇女は五人貴族との経緯や日々の思いを和歌にしたため喪中を過ごした。

西暦六七八年、喪が明けたのを契機に、十市皇女が飛鳥浄御原宮を参内する。この日は天武天皇が倉梯《くらはし》に建てた斎宮《いつきのみや》に行幸する重要な日であった。十市皇女はわざとこの日を選んだのである。おそらく、「大和王朝」の血統は天武に利用させないという強い意志があったに違いない。十市皇女は持参した「十市皇女の和歌集」を手にし、同じく持参した「毒薬」を一口嘗めた。毒薬はたちどころに効き、十市皇女はすぐに薨去した。驚いた天武は行幸をただちにとりやめ、その天武のもとに十市皇女が遺した和歌集と毒薬が届けられた。この時の周りの慌てぶりが、『日本書紀』に次のように記されている。

仍取平旦時、警蹕既動・百寮成列・乘輿命蓋、以未及出行、十市皇女、卒然病發、薨於宮中。由此、鹵簿既停、不得幸行、遂不祭神祇矣。

平旦《とら》の時、警蹕《みさきおい》を行い、百寮《ももつかさ》が列を成し、乗輿《きみ》は蓋をされ、まだ出発をしていない時、突然、十市皇女が発病し、宮中で亡くなった。そのため鹵簿《みゆきのつら》は停止し、行幸ができなかった。ついに、神祇を祭ることさえできなかった。

十市皇女の自死は天武天皇に強い衝撃を与えた。遺された和歌集には、天武の臣下に対する痛烈な批判と天武自身への不満も綴られていた。初めて十市皇女の本心を知った天武天皇は、ひどく悲しみ嘆き、何も食べることができず、管弦の遊びなどもできなかった。そう、『竹取物語』に書いてある。また、『日本書紀』によれば、新宮《にいみや》の西庁《にしのまつりごとどの》の柱に雷が落ち、天も悲しんでいたことが窺われる。雷の翌日、十市皇女の葬儀が執り行われた。そのことに関して、『日本書紀』は次のように記している。

己亥、霹靂新宮西廳柱。庚子、葬十市皇女於赤穂。天皇臨之、降恩以發哀。

四月十三日、新宮の西庁にある柱に霹靂《かむとき》する。十四日、十市皇女を赤穂に葬った。天皇はそれに臨んで、恩《めぐみ》を降して、発哀《みね》した。

発哀とは「声を出して泣く」ことである。おそらく、天武天皇は最愛の娘である十市皇女が命を懸けてしたためた遺書である「十市皇女の和歌集」と、彼女が用いた「毒薬」とを胸に抱き、激しく慟哭したに違いない。

第八章　物語の成立と作者の謎

天武天皇の動揺

物語が実話に基づいて創られたもので、その主人公は「十市皇女」であることが明らかになった。また、十市皇女が「十市皇女の和歌集」をしたため、天武天皇へ最後の手紙として届けた。そのことも知ることができた。しかも、その「十市皇女の和歌集」は、十市皇女に強引に迫った五人の貴族（氏族）やそれを許した周囲の人々に対する糾弾の和歌集であった。

だが、この和歌集は『竹取物語』の根幹を為しているが、物語そのものではない。十市皇女の意思を受け継ぎ、『竹取物語』を書いた人物はほかにいた。その人物を探し出さなければ、ほんとうの解明にならないだろう。それを解明するため、当時の状況を探ってみたいと思う。

西暦六七八年、十市皇女が三十歳の若さで、美しい命を散華する。そのあまりにも惜しい死を、じっと耐えながら見つめていた人物が二人いた。

一人が十市皇女の息子であり、大友皇子の長男であった「葛野王《かどののおう》」（西暦六六九年〜七〇六年）である。彼はまだ九歳と幼く、母の思いをしっかりと胸に刻み込むのが精一杯であったに違いなかった。

そしていま一人が、十市皇女を姉として深く慕っていた「高市皇子《たけちのみこ》」（西暦六五四年〜六九六年）であった。この時、高市皇子は二十四歳となっていた。

十市皇女が亡くなった翌年の西暦六七九年、「天武王朝」において、極めて重要な決定が為される。そのことに関して、『日本書紀』では次のように記している。

五月庚辰朔甲申、幸于吉野宮。乙酉、天皇詔皇后及草壁皇子尊・大津皇子・高市皇子・河嶋皇子・忍壁皇子・芝基皇子曰、朕今日與汝等倶盟于庭、而千歳之後、欲無事。奈之何。皇子等共對曰、理實灼然。則草壁皇子尊、先進盟曰、天神地祇及天皇證也。吾兄弟長幼、幷十餘王、各出于異腹。然不別同異、倶隨天皇勅、而相扶無忤。若自今以後、不如此盟者、身命亡之、子孫絶之。非忘非失矣。五皇子、以次相盟如先。然後、天皇曰、朕男等、各異腹而生。然今如一母同産慈之。則披襟抱其六皇子。因以盟曰、若違茲盟、忽亡朕身。皇后之盟、且如天皇。

五月五日に、吉野宮に行幸した。

六日、天皇は、皇后及び草壁皇子尊・大津皇子・高市皇子・河嶋皇子・忍壁皇子・芝基皇子を詔し、「朕は今日、お前たちとこの場で誓いを立て、千年の後までもことがおこらないようにしたいと思うが、どうか」と問うた。

皇子たちは、みな「もっともでございます」といった。

まず、草壁皇子尊がすぐに進み出て、「天地の神々、および天皇よ。はっきりとお聞き下さい。私ども兄弟、長幼あわせて十余の王は、それぞれの母は違っております。しかし、同母であろうとなかろうと、みな天皇のお言葉のままに、互いに助け合い、争いはいたしますまい。もし今後、この誓いにそむくような事があれば、命はなく、子孫も絶えることでありましょう。忘れますまい。あやまちを犯しますまい」と誓いの言葉をいった。

五人の皇子もそれに従い、順番に誓った。

そののち、天皇は、「自分の子供たちは、それぞれ母を異にして生まれたが、今は同じ母から生まれた兄弟のようにいつくしもう」といい、御衣の襟を開いて六人の皇子たちを抱き、「もし自分がこの誓いを違えたら、たちまち我が身はなきものになるだろう」と誓った。

皇后も同様に誓った。

のちにこれは「吉野の盟約」、あるいは「吉野の誓い」といわれるようになる。この盟約を要約すれば、天武天皇は鸕野讃良《うののさらら》皇后（のちの持統天皇）と六人の皇子を引き連れて吉野へ行幸し、そこで草壁皇子を次期天皇に決め、異母兄弟同士互いに助けて相争わないことを誓わせたのである。

盟約の背景には、鸕野讃良皇后が大きく絡んでいると思われる。十市皇女の死で動揺する天武天皇が後継者に高市皇子や大津皇子を指名することを恐れて、先に手を打ったと思われる。それだけ、天武の心は十市皇女の死で傷ついていた。

この盟約により、逆に高市皇子の地位は安定した。皇女を母に持つ草壁皇子、大津皇子に次ぐ三番目の皇子として、その後、天武天皇に重用されるようになる。

余談になるが、この盟約には極めて疑念が多い。ひょっとしたら、天武天皇没後に天皇に即位したのは、持統天皇でないのかも知れない。それを隠すためにわざわざ「吉野の盟約」を創作した可能性も考えられる。

では、天武天皇が逝去した後に即位したのが誰なのか。それが、高市皇子といわれている。彼は「壬申の乱」における最大の功績者で、天武に次ぐ大きな権力を持っていた。たとえば、高市皇子が西暦六九六年、四十五歳という若さで死去した時、その死を悼んで柿本人麻呂《かきのもとひとまろ》が『万葉集』で最長の「挽歌」（死者をいたむ詩歌）を詠っている。その挽歌のなかで、柿本人麻呂は高市皇子のことを「高市皇子尊」とか「後皇子尊《のちのみこのみこと》」と呼んでおり、これが天皇を意味する尊称ではないかといわれている。

確かに、天武の後を継いだとされている持統天皇の漢風謚号は、「継体持統」という熟語から創られている。このことを考えた場合、持統が何から継体したのかが気になるところである。

これは、持統が違う王朝から皇位を「接ぎ木」したことを意味している。夫から皇位を受け継ぐことは継体とはいわない。果たして持統天皇は誰から継体したのだろうか。高市皇子からではなかったのか。疑念は尽きない。

さらに近年では、「高松塚古墳」の被葬者が高市皇子という説もある。古墳から発掘された骨が四十歳過ぎの壮年男性のものであったからで、もしこれが事実ならば、高市皇子が天皇であったという説は検討に値するだろう。ただ、これらの考察は『竹取物語』の謎の解明から離れるため、また別の機会に検討をしてみたい。

その高市皇子が護ろうとしたのが、十市皇女が遺した「十市皇女の和歌集」であった。天武天皇の元に届けられた「十市皇女の和歌集」と「毒薬」は焼却されたが、和歌集の写しなどは額田王や葛野王のところにあったと考えられる。

その「十市皇女の和歌集」の存在を知って、藤原不比等やほかの登場人物たちは非常に疎《うと》ましく思ったに違いない。何とかして、自分たちの不名誉な記録である「十市皇女の和歌集」を消したいと思ったことだろう。しかし、その行為を高市皇子は絶対に許さなかった。

高市皇子は十市皇女が薨去した時に三首の和歌を詠んでいる。そのなかの一首に次のような歌がある。

神山之　山邊真蘇木綿　短木綿　如此耳故尓　長等思伎
三輪山《みわやま》の　山辺《やまへ》まそ木綿《ゆふ》　短木綿《みじかゆふ》　かくのみ故に　長しと思ひき

三輪山の山辺の麻木綿が短いように、あなたの命も短かった。私はもっと長いものだと思っていた。高市皇子はそう詠って、十市皇女の死を嘆いている。この歌からも十市皇女の死が突然のものであり、病死ではないことが窺われる。十市皇女は思いがけない死に方をしてしまったといえる。

高市皇子はそのほかにも十市皇女を哀悼する和歌を二首詠んでいる。そのことを根拠にして、高市皇子と十市皇女が恋愛関係にあった、という誤った説が一部にある。だが、それはあり得ない。もちろん、十市皇女は高市皇子が自分を慕っていることを知っていたと思う。しかし、それが恋愛関係に発展することはなかった。高市皇子は「壬申の乱」において著しく活躍し、十市皇女の夫を死に追いやった張本人の一人である。その人物の愛など受け入れるはずがなかった。また、聡明な高市皇子もそのことを充分に承知していたからこそ、十市皇女に求婚することなどなかった。もし、そんなことが起きていたならば、『竹取物語』に登場する貴族は五人ではなく、六人になっていたことだろう。

では、この高市皇子が『竹取物語』を書いたという可能性はないのだろうか。その可能性は充分にあると思われる。しかし当時、高市皇子は天皇の名代として各地を回っており、ほかの政務にも追われていたため、創作する時間的余裕がなかったと考えられる。また、天皇に即位していれば、なおさら物語を書く余裕などなかったはずである。そして何よりも、大切な十市皇女が遺した「十市皇女の和歌集」に手を入れることなどできなかっただろう。高市皇子ができたのは、「十市皇女の和歌集」の存在を五貴族（氏族）から護り通すことだけだったと思われる。

誰が物語を書いたのか

従来からいわれていることだが、『竹取物語』の作者は漢学、漢文、仏教、仏典、民間伝承、説話などに精通していて、万葉仮名や仮名文字を用いた和歌の才能にも優れていたとされている。また、貴族の暮らしをよく知っており、貴重な書物や紙などが入手可能な男性貴族と思われる。さらに、「竹」が持っている本来的な意味の「皇室」のことを理解している人物でなければならないだろう。

序章で簡単に触れたが、『竹取物語』の作者としては、すでに、空海《くうかい》、紀貫之《きのつらゆき》、源　順《みなもとのしたごう》、源　融《みなもとのとおる》、遍昭《へんじょう》、菅原道真《すがわらのみちざね》、玄昉《げんぼう》、紀長谷雄《きのはせお》などの名前が挙げられている。

いずれの人物も仏典、漢書、和歌などに造詣《ぞうけい》が深く、その意味では条件を満たしている。また、藤原氏に対する不満や恨みを抱えた人も多い。そのなかで、よく知られている人たちを簡単に見てみよう。

最初に空海（西暦七七四年～八三五年）であるが、いうまでもなく、真言宗の開祖である。彼を作者であるとする説の多くは、彼が遣唐使の経験者であることをその理由の一つに挙げている。たとえば、龍の頸の玉を船で取りに行った大伴御行は途中で嵐に遭う。それを、空海が船で唐へ渡る時の体験談だとしている。さらに、『竹取物語』にはインド、中国など複数の国々の説話が影響しており、それらを知る機会があったのは唐へ渡った空海だと主張している。

しかし、遣唐使に関しては空海だけでなく、紀貫之や玄昉も経験しており、ほかにも多くの文人が唐へ渡っている。また、『竹取物語』が諸外国の説話とはほとんど関係ないことを私がすでに明らかにしている。そして、何よりも空海には『竹取物語』を書く必然性が見当たらない。五人の氏族に虐《しいた》げられていたわけでもなく、宗教家として時の権力者と激しく対峙《たいじ》もしていない。そのような人物が、『竹取物語』を書く必然性などなかったといえるだろう。

こうしたなかで、比較的本命視されているのが紀貫之（西暦八六六年～九四五年）である。彼は、醍醐天皇の命により、日本初の勅撰和歌集『古今和歌集』を編纂した人物の一人である。土佐守《とさのかみ》にまで昇り詰めたが、晩年は藤原氏の権力の下で、屏風歌《びょうぶうた》作家として過ごすことになった。その意味では、藤原氏に恨みはあったかも知れない。だが、一度、権力の頂から落ちた人物が権力者批判を行うことなど、許されるはずがなかった。それに、紀貫之には藤原氏以外の氏族に対する、強い恨みがなかったと考えられる。

何よりも、もし紀貫之が『竹取物語』の作者であれば、紫式部がそれをいわないはずがない。『源氏物語』「絵合」のなかで登場した『竹取物語絵巻』に関して、紫式部は「手は紀貫之書けり」と記している。もし、彼が物語の作者ならば、紫式部はおそらく「手は物語作者の紀貫之なり」と記したに違いない。

そのほかに作者として比類されているほとんどの人たちが、文才に長《た》けていることが理由となっている。その代表的な人物が源順（西暦九一一年～九八三年）である。源順は二十代で日本最初の分類体辞典『和名類聚抄《わみょうるいじゅしょう》』を編纂した才人である。三十六歌仙の一人で、言葉遊びの技巧に優れており、『うつほ物語』や『落窪《おちくぼ》物語』、『竹取物語』などの作者ではないかと噂されている。だが、「三十六歌仙」という言葉で代表されるように、この時代には和歌の技巧に秀《ひい》でた人たちが少なくとも三十六人もいた。そのなかで、若い時から才能の閃《ひらめ》きがあったからという理由で、『竹取物語』の作者に擬せられるのは見当違いも甚だしいだろう。

物語の作者として最も多い誤解が、作者が藤原氏に強い不満を抱いていたという主張である。もちろん、作者が藤原氏に不満は持っていたが、それだけでは足りない。作者は五人の貴族（氏族）すべてに不満を持っていたのである。言葉を換えれば、「壬申の乱」における天武天皇側の功臣すべてを憎んでいたといえる。従って、それに該当しない人物は『竹取物語』の作者とはいえないだろう。

そして最も重要な点は、作者が十市皇女の遺した「十市皇女の和歌集」を入手でき、しかもそれに手を入れることのできる資格を持っていることであった。もし、その資格を持たない人が安易に「十市皇女の和歌集」に触れれば、当時の最高権力者であった高市皇子が、そのことを決して許さなかったに違いない。

極めて学問に優れた家柄の良い貴族で、「十市皇女の和歌集」に触れられる資格を持つ人物。それは当時、たった一人しかいなかった。

その人の名前は――

「葛野王」であった。

葛野王は十市皇女の息子で、天智天皇及び天武天皇の二人の血統を受け継ぎ、しかも大和王朝の正統なる血筋も引いている非常に希少な皇族であった。若い頃から学問を好み、経書や史記などに通じた文化人である。また、文章を作成することが巧みで、書画も堪能であった。おそらく、葛野王が生きていた時代には当代一の文人であり、彼を上回る才人はいなかったに違いない。

江戸時代後期から明治時代初期（西暦一八三六年〜一八六八年）にかけて刊行された伝記集に『前賢故實《ぜんけんこじつ》』という書物がある。神武天皇から後村上天皇までの時代における名君や賢人五百人余りの略伝と肖像画を編集したものである。略伝は漢文で記されており、肖像画は江戸後期の日本画家「菊池容斎《きくちようさい》」（西暦一七八八年〜一八七八年）の筆による。その『前賢故實』に葛野王は次のように記されている。

葛野王。

器範宏邈。風鑑秀遠。材稱棟幹。少而好學。博渉經史。頗能屬文。又善書畫。位淨大肆。拜治部卿。

葛野王。

器量が大きくて作法や規範に精通し、秀逸な風采と遠大な見識を持ち、国の棟梁としての才能がある。幼い頃より学問を好み、経書や史書を広く閲読し、文章に長けていた。また書画も優れている。冠位は浄大肆で、治部卿に任じられた。

おそらくこの記述は、現存する日本最古の漢詩集『懐風藻《かいふうそう》』（西暦七五一年〜七五二年頃成立。作者不詳）における葛野王の解説文を引用したものと思われる。『懐風藻』には葛野王の漢詩が二首収められており、その前文に次のように記されている。

王子者　淡海帝之孫　大友太子之長子也　母淨御原之帝長女　十市内親王　器範宏邈

風鑒秀遠　材稱棟幹　地兼帝戚　少而好學　博渉經史　頗愛屬文　兼能書畫　淨原帝嫡孫

授淨太肆　拜治部卿

王子は淡海帝（天智天皇）の孫、大友太子（大友皇子）の長子である。母は淨御原帝（天武天皇）

の長女、十市内親王である。器範《きはん》は宏邈《こうばく》で、風鑒秀遠《ふうかんしゅうえん》である。材は棟幹《とうかん》に稱《かな》い、地は帝戚《ていせき》を兼ねる。幼くして好く學をなし、博《ひろ》く經史《けいし》に渉《わた》る。頗《すこぶ》る文を屬《しょく》するを愛し、兼ねて書畫を能くす。

淨原帝の嫡孫にして、淨太肆《じょうだいし》を授けられ、治部卿《じぶきょう》を拜す。


この前文に続き、「遊竜門山」（竜門山に遊ぶ）と「春日翫鶯梅」（春の日に梅と鶯を楽しむ）という、葛野王の二首の漢詩が掲載されている。

葛野王の漢詩を鑑賞することが論旨でないため、作品の掲載と解説は割愛《かつあい》するが、「春日翫鶯梅」に登場する「梅」が日本の文献に初めて現れた「梅」といわれている。葛野王の豊かな文才を証明するものの一つといえるだろう。

ところが、これほどの才人でありながら、葛野王が詠った和歌が一首も伝わっていない。「すこぶる文を創ることを愛している人」が和歌を詠まないはずはない。おかしいといわざるを得ないだろう。同時に、それはどこかで見た構図ともいえる。改めていうまでもなく、母の十市皇女の和歌が一首も残っていないのと同じである。その代わり、十市皇女には「十市皇女の和歌集」が遺っていた。そして、葛野王には「竹取の翁」（のちに「かくや姫の物語」といわれる）が遺ることになる。

西暦六八六年、天武天皇が崩御する。葛野王十七歳、それまで天武天皇に対する遠慮から、母の和歌集に興味がないふりをしていた。その葛野王が本格的に「十市皇女の和歌集」の物語化を考え始めた。だが文学的にまだ未熟であった葛野王は、それを一つの物語にまとめあげることができなかった。物語のなかに巧みな比喩や暗喩をちりばめ、母の無念と五人の貴族（氏族）への恨みを形にするには時間が必要であった。

西暦七〇一年、葛野王三十二歳の時、物語がようやく形になってきた。その年の「公卿補任」なども参考にして、おそらく翌年頃に物語は完成したと思われる。その時、葛野王は大納言になっていた石上麻呂だけは「中納言」と記した。なぜなら、葛野王にとって、麻呂は父（大友皇子）の臣下でありながら、最後は天武天皇側に回って出世した卑怯な人物であったからである。おそらく、葛野王は麻呂の急激な昇進が許せなかったに違いない。その人物を大納言や右大臣と呼びたくなかった。ほんとうは中納言とさえいいたくなかったのだが、それでは物語にならないので中納言とした。それが結果として、登場人物の官職の矛盾に繋がることになった。

葛野王は持てる知識のすべてを注ぎ、亡き母の和歌集を一つの「和歌物語」にまとめあげた。それが、今日にまで伝わっている『竹取物語』である。

真偽のほどは定かでないが、最初の『竹取物語』は「漢文体」で書かれていたという伝承がある。作者が葛野王であれば、それも納得できる逸話といえるだろう。葛野王の漢文や漢詩の創作能力は際立っていたからである。

ただ、葛野王は「竹取の翁」の創作に際して、ある配慮も行っていた。それが、「いしつくりの御こ」と「くらもりの御こ」という表記である。十市皇女が遺した和歌集では、あからさまに「多治比真人嶋」、「藤原朝臣不比等」と書かれていたと思われる。それを高市皇子がずっと護ってきたが、西暦六九六年に高市皇子は亡くなってしまった。その後は葛野王が必死で護ってきたが、まだ力不足で、充分に護り切れるとはいえなかった。そのことが、葛野王に『竹取物語』を書かせる動機になったのかも知れない。母が遺した和歌集の形を変えて、後世にまで残したいと考えたのだろう。

葛野王は慎重に物語を書き始めた。特に、皇統に繋がる二人の皇子に対しては、直接的な名指しは避け、「いしつくりの御こ」や「くらもりの御こ」という曖昧な表現にした。それはある意味で敗北であったが、逆にそれが母の思いを未来へと残し続けられる最善の方策だと考えた。その結果、他の三人と比べて、「竹取の翁」における二人の名前が曖昧な表現になってしまった。しかし、葛野王の目論見《もくろみ》通り、物語を後世にまで残すことができたのである。

ちりばめられた母への思い

コロンブスの卵ではないが、答えを知れば改めて気づかされることが多々ある。それがわかれば、今まで物語のなかに隠れていた主人公や作者の真実が浮かび上がってくる。葛野王は物語の所々に、十市皇女が「かくや姫」であることをちりばめている。特に、「地名」や「数字」にそれが顕著に見られる。

たとえば、天竺にある「仏の御石の鉢」を求められた「いしつくりの御こ」は、それをどこへ取りに行ったのか。

物語では、「大和の国、十市の郡にある山寺」と書かれている。なんと、言葉を換えれば、「大和王朝の血をひく十市皇女」と明記しているではないか。最初から、葛野王はこの物語の舞台が「大和の国の十市」であるといっていたのである。母の十市皇女が書き残した「十市皇女の和歌集」が基であると宣言していた。

また、第一章で触れた「みやつこまろか家は　山もとちかく」であるが、これは「山本駅」のことではない。葛野王が物語を創作した西暦七〇一年前後には、まだ「山本駅」はできていない。ただ、「山もと」は別の意味で、葛野王や十市皇女にとって、極めて重要な地域であった。この「山もと」とは「山のもと」のことで、その「山」とは現在の「京田辺市三山木字山崎」付近を指していた。ここには「山崎神社」があり、その山崎神社で、十市皇女の夫である大友皇子（弘文天皇）が自害したという記録が残っている。「山もと」は葛野王や十市皇女にとって忘れられない地であった。

地名だけではない。「数字」にも注目する必要がある。「かくや姫」が五人の貴族から求婚されて、それを退けるのに三年かかっている。またその後、三年間にわたって御門と文を交わし、月へ戻って行った。

三年と三年、合わせて「六年」である。この「六」という数字には重要な意味が示唆されている。大友皇子が「壬申の乱」で敗れ、十市皇女が寡婦となったのが西暦六七二年である。それから五人の貴族の求婚を退け、御門と文を交わし、十市皇女が亡くなったのが西暦六七八年であった。

その期間を見てほしい。なんと「六年」である。この「六」という数字は、「かくや姫」こと、十市皇女が悲しみのなかで、苦しみ生きていた時間を象徴する重要な数字であった。

残された謎を解決する

ここまで、私は『竹取物語』に関する重要な謎を解明してきた。「かぐや姫」とは、ほんとうは「かくや姫」のことであり、「十市皇女」であること。そして、『竹取物語』は十市皇女が遺した「十市皇女の和歌集」を基に、息子の「葛野王」が創作した「竹取の翁」という歌物語であること。これらを明らかにしてきた。

しかし、私は文中で幾つかの謎を、あとから解決する課題として、ここまで残してきている。それらに対する答えを導かなければ、ほんとうの解明といえないだろう。そこで、その回答を明らかにしていきたいと思う。

＊第一章の課題

『万葉集』の「竹取の翁」に登場した娘たちがなぜ、九人だったのか。（本文16頁参照）

私は「第一章」で、『万葉集』の「竹取の翁」を取りあげた。その時、歌群の「題詞」のなかに登場する娘たちが、どうして「九人」なのか。それに関する疑問を提示した。三人でも、五人でもよかったのに、どうして九人と多いのか。その答えを探ってみたい。

話が戻ることになるが、「第七章」で挙げた天武天皇の妻たちをもう一度、見てほしい。それを登場順に挙げると、鸕野讃良皇女、大田皇女、大江皇女、新田部皇女、氷上娘、五百重娘、額田姫王、大蕤娘、尼子娘、檝媛娘となる。この人数を数えると、丁度全部で十人となる。そのなかで唯一、「壬申の乱」によって落ちぶれてしまったのが「額田王」一族である。彼女を除くと、権勢のなかに生き残った女性たちは「九人」となる。

額田王や十市皇子に仕えてきた翁が、「九人」の娘たちから今の落ちぶれた様子をからかわれ、「あなたたちだっていつどうなるか、わからないでしょう」といったのである。だから、娘たちの数が「九」でなければならなかった。ほかの数字では、そのほんとうの意味を表現できなかったからである。

老人を送った車とは何か。また、老人をどこに送ったのか。（本文21頁参照）

この答えはすでに出ているといえる。『万葉集』の「竹取の翁」に出てきた「老人を送る車」とは、「壬申の乱」で敗れて罪人となった翁や、大友皇子の一族を流刑の地まで送った車のことである。そして、その車を見せしめのために残したのである。おそらく、それを主導したのが不比等の母方の一族であったと推察できる。それ故、物語では「車持皇子」と称されたのである。「送った車」と不比等の母の実家である「車持」とを絶妙に掛けることで、それを印象づけたといえるだろう。

類似する「斑竹姑娘」より以前に物語が成立したことの証明。（本文29頁参照）

これに関しては答えをすでに述べているが、改めていっておきたいと思う。

物語の本質は、「壬申の乱」で敗れた「かくや姫」に勝者側の五貴族（氏族）が厚かましくも執拗に結婚を迫ったことを敢然と拒否し、激しく糾弾したところにある。ところがその主旨に気づかず、物語の最後を結婚で締めくくったものはすべて贋物といえるだろう。特に、「斑竹姑娘」のように五人の求婚者への難題が極めて酷似していながら、最後は結婚してしまう物語は意識の低い贋作と呼べるだろう。形態だけを模倣したもので、歴史の真実を知らない作品といってもよい。その作品が『竹取物語』の原典になれるはずがなかった。

＊第二章の課題

翁の名前である「さるき」を、必死で残そうとした人々は誰なのか。（本文42頁参照）

翁のほんとうの名前が「さるき」であることは、「第六章」で証明した通りである。それに対して、五人の貴族や一族、氏族が「さかき」だの「さぬき」だのと筆写し、真実を曲げようとしてきた。そのなかで、必死になって「さるき」を護ってきたのが、葛野王であり、その一族であった。葛野王亡き後は、その子供たちや孫である「淡海三船《おうみのみふね》」（西暦七二二年〜七八五年）であった。その結果、「さるき」は今日まで残り続けることができたといえるだろう。

＊第三章の課題

なぜ、『竹取物語』や日本の創作物語が、古事記に集約されるように仕組まれているのか。（本文52頁参照）

これに関しては、次章で詳しく解説しようと考えているが、『竹取物語』の真実を心よく思わなかった人物たちがいた。それはいうまでもなく五人貴族である。なかでも、藤原不比等が最も『竹取物語』の存在を嫌っていた。そこで不比等は『竹取物語』の真実を曖昧にするため、『古事記』編纂という舞台に「物語」を引き込み、改竄したのである。その狙いは、『竹取物語』が「壬申の乱」より遙か古代の神話をモデルにした話だと印象づけるためであった。

なぜ、姫はすべての求婚を拒絶したのだろうか。（本文61頁参照）

それは、先に亡くなってしまった大友皇子への愛が影響を及ぼしていた。物語を表面的に見れば、頑なな求婚拒絶の話となっている。しかし、そこには十市皇女の大友皇子に対する深い永遠《とわ》の愛が貫かれている。だからこそ、『竹取物語』は読み手の心に切なさと余韻を残すのであった。

姫は敵に負けて、身分が下へ落ちた家の姫なのか。（本文76頁参照）

この疑問への回答はすでに明らかになっている。「かくや姫」は天皇の妃である皇后という地位から滑り落ちた姫であった。

なぜ、紫式部が「阿倍のおおし」と「車持の親王」の二人を特に非難したのか。（本文77頁参照）

紫式部は『源氏物語』巻十七「絵合」のなかで、あえて「阿倍御主人」と「藤原不比等」の名前を挙げて批判している。明確に断定はできないが、紫式部はこの二人の行為を醜いと思っていたのだろう。美しく、潔い生き方を求めた紫式部にとって、お金や権力を振り回す、この二人の生き様は見苦しいと感じていたに違いない。

それに対して、作者の葛野王は五人全員が許せなかった。そのなかでも、裏切り者である石上麻呂が特に許せなかったと思われる。また、十市皇女は藤原不比等と大伴御行を最も嫌っていたように思える。不比等の一族は「壬申の乱」で敗れた氏族を車に乗せて流していた。また、大伴御行は本人だけでなく、大伴一族そのものが大友皇子側の一族郎党を武力で討伐した。十市皇女にとって、この二氏族は絶対に許し難かったと考えられる。

＊第七章の課題

因縁と宿縁とは具体的に何なのか。（本文１４７頁参照）

因縁と宿縁、それを記した『竹取物語』の部分をもう一度、見てみよう。

己のが身は、この国の人にもあらず。月の都人なり。それをなむ、むかしのちぎりありけるによりてなむ、この世界にはまうできたりける。

最初に注目しなければならないのが、「この国の人にもあらず」という部分である。「この世」といわず、「この国」といっている。そこには今のちぎり（因縁）の深さ、悔しさが潜んでいる。「この国」とは「天武天皇による新王朝」という意味が隠されている。だから、「世」ではなく「国」なのである。

また、「月の都人」とは単なる死者の世界ではなく、天武によって滅ぼされた「天智天皇・弘文天皇の前王朝」ということを意味していた。作者は「この国の人にもあらず。月の都人なり」という短い文章のなかに、前王朝と新王朝とを見事に対比させている。これが「因縁」の一つといえるだろう。

次に「むかしのちぎりありける」と続いている。ここにも二つの意味が隠されている。昔の契りとは、「親子の契り」と「夫婦の契り」の二つを指した言葉である。そして、「親子の契り」は切れないのに、大事な「夫婦の契り」は切れてしまった、と嘆く心が息づいている。しかも、その大事な「夫婦の契り」を切ったのが、自分の実の父親である、という因縁や宿世《すくせ》の業《ごう》を悲しんでいる。これらの因縁や宿縁こそが、『竹取物語』の真の主題といえるだろう。人の世は様々な因縁、宿縁、因業に囲まれていて、悲しいものではありませんか。十市皇女や葛野王は、そう語り掛けているのであった。

この『竹取物語』には、愛、恨み、因縁、宿縁、因果応報、諸行無常などの思いがぎっしりと詰まっている。人の因果や前世との因縁、来世などを説いた仏教の世界観が色濃く投影されているといってもいいだろう。ほんとうは、『竹取物語』は数奇な運命に翻弄されながらも、必死になって六年を生き抜いた十市皇女の記録を記した物語であった。

終　章　終わりなき改竄の始まり

『古事記』対『万葉集』の熾烈な戦い

十市皇女の和歌集や葛野王によって創られた、「竹取の翁」の存在を苦々しく思っている人たちがいた。それが、藤原不比等やほかの四氏族である。彼らは何とかして、この物語の存在を消し去ろうと企んでいた。しかし、それはなかなか上手く運ばなかった。なぜなら、十市皇女の和歌集は天武天皇や高市皇子によって護られており、二人が亡くなった後の「竹取の翁」は、いち早く世間に流布されたからだと考えられる。

そこで、不比等らはある陰謀を巡らすことにした。その存在を消せないのであれば、違う方法で「竹取の翁」を消そうと考えた。それが、話の内容の「すりかえ」であった。

ここで、少しばかり話の本筋から外れるが、三人の生没年を見てほしい。

高市皇子　　西暦六五四年〜六九六年（四十二歳）
葛野王　　　西暦六六九年〜七〇六年（三十七歳）
藤原不比等　西暦六五九年〜七二〇年（六十一歳）

高市皇子や葛野王の没年齢が極めて若いことに気づく。しかも、ここでは詳しくは記さないが、高市皇子も葛野王も、その死に関して何らかの陰謀があったという噂が今日まで根強く伝わっている。ひょっとしたら、「十市皇女の和歌集」や「竹取の翁」に対する恨みが影響を及ぼしたのかも知れない。

西暦六九六年、高市皇子が四十二歳の若さで薨去した。これは不比等にとって極めて大きなチャンスであった。十市皇女の和歌集を護る権力者が消えたのである。これを契機にして、和歌集を焚書しようと企んだ。

その不比等にとって、頭の痛い出来事が起きた。葛野王によって、十市皇女の和歌集が「竹取の翁」という物語に形を変え、西暦七〇二年頃に広く流布されることになった。そこで不比等は「竹取の翁」との闘いの舞台を、『古事記』編纂の現場へと移すことにした。

『古事記』は西暦六八一年、天武天皇の発令によりその編纂が開始された。その後、編纂の現場を支配していたのが不比等であった。

不比等が『古事記』において最初に行った改竄が、「迦具夜比売命《かぐやひめのみこと》」という架空の人物の創作であった。この創作は非常に手が込んでいたが、同時に怪しい部分も同居していた。たとえば、迦具夜比売命は第十一代・垂仁天皇の妃として『古事記』に記されているが、『日本書紀』にはその名前が載っていない。天皇の妃ならば、『日本書紀』にもその名がなくてはならないだろう。また、その出自もかなり怪しかった。『古事記』によれば、第九代・開化天皇が丹波の「竹野比売《たかのひめ》」(『日本書紀』では丹波竹野媛)を娶って生んだのが「比古由牟須美命《ひこゆすみのみこと》」(『日本書紀』では彦湯産隅命)となっている。この比古由牟須美命の子供が「大筒木垂根王《おおつつきたりねのみこ》」で、その子供が迦具夜比売命である。

この系譜はどう見てもおかしいといわざるを得ない。迦具夜比売命とその父親である大筒木垂根王は、『古事記』にしかその名前が見当たらない。ところが、大筒木垂根王の父である比古由牟須美命と祖母である竹野比売は、『古事記』と『日本書紀』の両方に記されている。時間的に新しい方に属する迦具夜比売命と大筒木垂根王が『古事記』だけに記録され、『日本書紀』に載っていないのは不自然である。

さらに、出自の最初に登場する竹野比売を見てほしい。「竹の姫」なのである。いかにも取ってつけたような名前といえる。そして、その孫が大筒木垂根王である。この王の「大筒木《おおつつき》」とは「大きな筒状になった木」のことである。即ち、「竹」を意味している。そして、その「竹の王」の子供が、「迦具夜比売命」である。あまりにも出来すぎた系譜といえるだろう。しかも、迦具夜比売命と垂仁天皇の子供が「袁耶弁王《おさべのみこ》」一人で、その袁耶弁王の子孫に関する記述がなく、歴史から消えてしまう。明らかにおかしいのである。

この系譜は、不比等が創り出した虚構の一つといえるだろう。十市皇女より遥かに古い時代に「かくや姫」が存在していたという印象操作を行い、不比等が「かくや姫」の登場人物でないことを浸透させようと試みたのである。不比等のこの企みは一部成功したといえるだろう。後世において、「かくや姫が十市皇女である」という真実は消えてしまい、顧みられることがなくなってしまった。

こうした不比等の作為に不安を覚えたのが葛野王であった。「竹取の翁」成立後、不比等の陰謀がどんどん深まっていた。そこで、葛野王は「竹取の翁」を分割して残す方策を考えた。

葛野王がその舞台に選んだのが『万葉集』であった。葛野王は物語の最初の部分を『万葉集』に収めた。それが、第一章で触れた『万葉集』の和歌群であり、「題詞」であった。またそれだけではなく、様々な文人、歌人の力を借りて、後代にまで「竹取の翁」の話が残るよう働きかけた。

その一例が、『古今和歌集』の前文に見られる。『古今和歌集』は平安時代前期の勅撰和歌集で、西暦九〇五年頃に成立したといわれている。その注釈書の一つである『古今和歌集序聞書　三流抄』のなかに、次のような文章が記されている。

日本紀云ふ、天武天皇の御時、駿河の国に作竹翁といふ者あり。竹をそだてて売る人なり。

ここで注目すべきは、「作竹の翁」が天武天皇の時にいたとはっきり書かれている点である。「作竹の翁」とは「竹を取って暮らしている翁」のことであり、即ち、「竹取の翁」のことである。天武天皇の時代に「竹取の翁」はいたのである。しかも、古代の駿河国には大友皇子の墓所があるという噂が信じられていた。

西暦七〇六年、葛野王が三十七歳という極めて若い年齢で薨去する。彼が『竹取物語』

を書き上げてから、わずか四、五年後である。そこに、不比等やほかの四氏族の陰謀がなかったのだろうか。余りにも疑念に満ちた死といえる。葛野王の死により、もはや不比等らを止められる人物は誰もいなくなった。

西暦七一二年、『古事記』が成立する。そこには、「かくや姫」だけでなく、日本の様々な説話が『古事記』に集約されるように創作されていた。

執拗な藤原不比等の陰謀

藤原不比等の陰謀は『古事記』だけで終わらなかった。不比等は自分の死後のことも考えていた。不比等のこの意向を受けて、様々な写本が生み出された。真実を少しずつ変えて写筆された写本が出回ることになる。また、ほかの四氏族の子孫や遣唐使などを利用して、物語への多くの干渉や改竄が行われた。

高市皇子や葛野王の意志を護ろうとする人々も、それらを黙って見過ごしてはいなかった。それらの改竄に対抗するため、高市皇子・葛野王側からも多くの写本が写筆され、結果として、今日のような多系統の写本が存在することになってしまった。

藤原不比等側と高市皇子・葛野王側との確執は、不比等側の勝利で終わったかに見えた。しかし、実際はそうではなかった。その諍《いさか》いは不比等の子供である「藤原四兄弟」と高市皇子の子供である「長屋王《ながやおう》」の争いにまで続くことになる。政治的には不比等側が勝利したが、文学的には「十市皇女の和歌集」や「竹取の翁」は、『竹取物語』として今日まで生き残り続けた。それを支えたのが、葛野王の子供の「池辺王《いけべおう》」や孫の「淡海三船《おうみのみふね》」であった。ただ、今となっては、淡海三船がいかなるい思いで漢風諡号を撰上したのか、そこに藤原不比等と高市皇子や葛野王との確執が影響していなかったのか、曾祖母である十市皇女に対してどのような思いを持っていたのか――それらを何も知ることができない。

残された私たちは真実を求めて、終わりなき幻想の歴史を漂流するだけである。

著者プロフィール
秋生 騒（あきう そう）
1949年、新潟県に生まれる。
大学卒業後、広告代理店に入社。その後、独立し、広告企画会社を設立。
2006年退社、創作活動を開始する。
2008年、「聖橋心中」で第四回銀華文学賞奨励賞を受賞。
〈著書〉
『シュメール幻想論』（2018年、文芸社刊）

かぐや姫幻想史 竹取物語の真実

2019年7月15日　初版第1刷発行

著　者　秋生 騒
発行者　瓜谷 綱延
発行所　株式会社文芸社
〒160-0022　東京都新宿区新宿1－10－1
電話　03-5369-3060（代表）
03-5369-2299（販売）

印刷所　株式会社フクイン

ISBN978-4-286-20739-1